皇帝の薬膳妃

青龍の姫と蝋梅の呪い

尾道理子

角川文庫
23555

目次

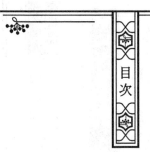

用語解説と主な登場人物

伍尭國《ごぎょうこく》

麒麟の都を中央に置き、北に**玄武**、南に**朱雀**、東に**青龍**、西に**白虎**の**五つの都**を持つ五行思想の国。

四公《しこう》

東西南北それぞれの地を治める領主。重臣として国の政治中枢にも関わる。

玄武《げんぶ》……医術で栄える北の都。

- **董胡《とうこ》** 性別を偽り医師を目指す少女。「人の欲する味が五色の光で視える」という力を持つ。
- **鼓濤《ことう》** 董胡と同一人物。玄武の姫として皇帝に輿入れする。
- **卜殷《ぼくいん》** 小さな治療院を営む医師。董胡の親代わりであり師匠。
- **楊庵《ようあん》** 董胡の兄弟子。先輩医師の偵徳《ていとく》と共に、董胡を捜して王宮に潜入する。
- **玄武公 亀氏《きし》** 玄武の領主。絶大な財力で国の政治的実権をも握る。
- **濤麗《とうれい》** 董胡の母。故人。
- **華蘭《からん》** 亀氏の愛娘で、董胡の異母妹。翔司と懇意。
- **茶民《ちゃみん》** 董胡の侍女。貯金が生き甲斐《がい》。
- **壇々《だんだん》** 董胡の侍女。食いしん坊。
- **尊武《そんぶ》** 玄武公の嫡男。不気味な存在。
- **雄武《ゆうぶ》** 玄武公の次男。麒麟寮で学んでいた。

麒麟《きりん》……皇帝の住まう中央の都。国の統治組織を備えた王宮を有する。また、天術を司る皇帝の血筋の者も「麒麟」と呼ばれる。

・**黎《れい》司《し》** 現皇帝。うつけの乱暴者と噂される。

・**翔《しょう》司《し》** 黎司の異母弟。粗暴とされる兄を憎む。

・**孝《こう》司《し》** 先帝で黎司と翔司の父。生前は玄武公の傀儡《かいらい》となっていた。

・**凰《おう》葉《は》** 黎司の母。故人。朱雀の血筋。

白虎《びゃっこ》……商術で栄える西の都。

・**白虎公 虎氏《こし》** 白虎の領主。玄武公と結託し、私腹を肥やす。

朱雀《すざく》……芸術で栄える南の都。

・**朱雀公 鳳氏《ほうし》** 妓楼を営み隠居生活をしていたが、兄が病に倒れたため、朱雀公に。

・**朱《しゅ》璃《り》** 父の妓楼で芸団を楽しんでいたが、朱雀の姫として皇帝の后に。

・**禰《ね》古《こ》** 朱璃の侍女。朱璃のことが大好き。

青龍《せいりゅう》……武術で栄える東の都。

・**青龍公 龍氏《りゅうし》** 青龍の領主。色黒で武術に長け、計算高く腹黒い。

・**翠蓮《すいれん》** 色白でほっそりした美姫。皇帝の后となるが、病気で臥せっている。

・**鱗々《りんりん》** 翠蓮の侍女頭。忠誠心に厚い。

序

はるか昔、麒麟《きりん》の力を持つ皇帝が治める、伍尭國《ごぎようこく》という国があった。

その北部に広がる玄武《げんぶ》の地で育った平民の董胡《とうこ》は、女子であることを隠し医師を目指して暮らしていた。しかし、念願の医師免状を受け取るために訪れた黒水晶《くろすいしよう》の宮で、突然うつけと噂される皇帝の一の后・鼓濤《ここきと》として輿入《こしい》れすることを命じられる。

即位した皇帝には、玄武、青龍《せいりゆう》、朱雀《すざく》、白虎《びやつこ》の四領地から、それぞれ一の姫が輿入れする慣わしがあった。

不本意なまま玄武の后として王宮に暮らし始めた董胡だったが、五年前に専属薬膳《やくぜん》師にしてもらうと約束した麗人が皇帝・黎司《れいし》だったと気付き、いつか正体がばれることを恐れながらも彼のために奔走する。

そして朱雀の流行《はや》り病の原因を突き止め、玄武がたくらんだ悪しき内医師《ないいし》の殉死制度の廃止にも関わり、皇帝として少しずつ力をつける黎司にとって、なくてはならない存在となりつつあった。

また、特殊な力で薬膳料理を作る董胡は、拒食《きよじき》を患う黎司の命綱でもあった。

このまま正体がばれずに黎司に薬膳料理を作り続けることができたらと願う董胡だったが、朱雀の一の后である朱璃《しゅり》になぜか正体がばれてしまった。

ついに王宮を去る時がきたのかと覚悟を決め朱璃と対峙《たいじ》する董胡だったが……。

そうして玄武と朱雀の后が睨《にら》み合う中、青龍の后宮《きさきぐう》でも騒動が持ち上がっていた。

一、黒蝋妃の呪い

王宮の東に位置する青龍の后宮。

群青に色づいた柱と壁に囲まれ、どこか精悍《せいかん》な雰囲気の漂う宮だ。

武術を司《つかさど》る青龍らしく整然とした回廊の各所には、逞《たくま》しい体躯《たいく》の衛兵が警備についていて、ねずみ一匹入り込む隙もない。

その頑強な宮の奥に、青銅の扉で閉ざされた堅固な一室があった。

「姫様！　どうかお気を確かに！　すぐに鱗々《りんりん》が参ります」

「誰か！　誰か、早く雲埆《うんかく》先生を呼んで！　早く!!」

バタバタと回廊を行きかう足音が聞こえ、ひときわ大柄な侍女が裏庭で鍛錬していた剣を腰におさめ、寝所に向かって大股《おおまた》に歩いている。

伍尭國の貴族女性には珍しく、腰を細く絞って足先の見える動きやすい衣装だ。

領地の東に広がる蛮族の国と年中小競り合いの続く青龍では、女性といえども戦に駆り出されることも珍しくない。

貴族の姫君であっても、危急の事態では武器を持ち戦うこともあるため、幼い頃から最低限の武術を習う。とりわけ皇帝の一の后の侍女は、精鋭揃いだった。

そんな中でも群を抜いて背の高い勇壮な侍女が、后のいる部屋の青銅の扉を開く。

「姫様っ!!」

部屋の奥に置かれた膝《ひざ》ほどの高さの寝台に駆け寄り、天蓋《てんがい》から垂れ下がる厚地の帳《とばり》をかき分け中に飛び込んだ。

「鱗々……。く、苦しい……。助け……て……」

息も絶え絶えのなよやかな姫君が、縋《すが》るように細い腕を伸ばす。

「姫様。大丈夫。大きく息を吸って」

鱗々と呼ばれた侍女は、女性にしては逞しい手で姫君の腕を掴《つか》み、背中をさすりながら呼吸を誘導する。

「呼吸を整えればすぐに治まります。大丈夫です。さあ、息を吸って……」

「は……はあ……ごほっ。だめ……吸え……ない……喉《のど》に……なに……か……詰まって……」

「姫様！　どうか、落ち着いて。喉には何も詰まっていません……どうか……」

「こわ……い。たすけ……。ごほっ……。黒蝋妃《こくろうひ》の……呪い……が……」

姫君は怯《おび》えた目で絶え絶えに訴える。

「呪いなんてありません。怖いものなんて何もないのです。姫様」

「う……そ……。私は……黒蝋妃に……ころさ……れ……ごほごほっ……」

姫君の顔が絶望に歪《ゆが》む。

「姫様っ！」

「りんり……はっ……ごほっ……」

姫君は気を失ったのか、がくりと鱗々の腕の中にくずおれた。

「いつもの驚悸《きょうき》の発作ですな。我が医家で開発した秘伝の生薬を飲んでいれば安定するはずなのだが……。もう少し分量を増やしてみるか」

寝台に青い顔で横たわる姫君の横で、やけに貫禄《かんろく》のある紫の袍服《ほうふく》の男が告げた。

白髪の交じった頭には房の垂れた角帽を被り、色の違う襷襟《たすきえり》を幾つも重ねている。

「雲埆先生。お薬は毎日きちんと飲ませています。ですがこのところ発作の頻度が増していきます。それに、以前は呼吸を整えれば治まっていたものが、気を失うまでになってしまって。些細《ささい》なことに酷《ひど》く気を病み、騒がれるようになってしまわれて……」

鱗々は今にも消え入りそうな儚《はかな》げな姫君を不安そうに見つめた。

「氏家《ていけ》の姫君は気性の不安定な方が多いようでございますな。血筋でございましょうか」

伍尭國では正式な氏名《うじな》を持つのは領主一族である龍氏《りゅうし》、亀氏《きし》・鳳氏《ほうし》・虎氏《こし》の四公だけなのだが、領地によっては地名や屋号を名乗る人々もいた。

青龍では兵力の区分け上、貴族たちは家名を持っている。

氏家は多くの武家を従える、龍氏に次ぐほどの高位の貴族の家柄だった。

「お美しい姫君というのは、どうも幼い頃から甘やかされてお育ちになるゆえ、少し思い通りにならないと癇癪《かんしゃく》を起こされるのでしょう」

雲埆の少し馬鹿にしたような言い方に、鱗々はむっとして言い返した。

「いいえ。翠蓮《すいれん》様は、元は穏やかで思いやりのある落ち着いた方でございました。気性のせいでは決してありません！　病が姫様を変えたのでございます」

鱗々の言い分に、雲埆は「ふっ」と笑った。

「病？　病など本当はお后様のどこにもございません。喉がつかえるとおっしゃいますが、喉を診ても腫《は》れているわけでもない。息が吸えないとおっしゃるが、肺臓には何も問題はなく、眠ってしまえばきちんと息をしていらっしゃる」

「それは……確かにそうですが……」

「黒蝋妃の呪い？　呪いで殺される？　誰か黒蝋妃を見たのですか？　すべてはお后様の妄言です。騒いで注目されたいのでしょう。甘えた心が自分で病を作っているのです」

「な、なんという言い草！　お后様に失礼でございましょう！」

鱗々は怒りでぎゅっと両拳《こぶし》を握りしめた。

雲埆はふんっと鼻を鳴らす。

「ですが、まあ、体に病はなくとも、心に病があるのは確かです。そのせいで脈は速く息も浅い。ならば少し強い薬ですが、頓用《とんよう》に黄連解毒湯《おうれんげどくとう》を出しておきましょう。発作が起きそうになったら飲ませるとよいでしょう」

「それで治るのですか？」

「………」

雲埆は問われて、しばしの無言のあと肩をすくめた。

「心の病を治すのは、ご本人の甘えた心を改めさせるしかないでしょう。この病を治すには、あなた達侍女がお后様を甘やかさないことです」

「わ、私たちは姫君を甘やかしてなどいません！　甘えるどころか、姫君はご自分の発作を気に病み、迷惑をかけて申し訳ないといつも謝っておられます」

鱗々は憤慨して言い返した。

雲埆は青龍では最高位の医師で、青龍の后の主治医として宮内《くない》局の所属になっている。

若いころ玄武の地で医術を学び、医塾の中でも最難関と言われる麒麟寮を出たことを鼻にかけ、患者を小ばかにしたようなところのある横柄な老獪《ろうかい》だった。

麒麟寮を出たといってもずいぶん昔のことで、最新の知識を持っているのか怪しいものだった。しかし残念なことに先帝の代から麒麟寮には玄武の者しか入塾できなくなり、雲埆以降、青龍に麒麟寮を出た医師はいない。

雲埆以上の学位を持つ医師は、青龍にはこれからも現れないのだ。

別の医師に診てもらえないものかと思っても、青龍で一番の名医と言われる雲埆に代わる医師などいなかった。それに、雲埆が青龍の地に建てた医塾出身の医師がほとんどで、雲埆の診立てに異を唱える者などいるはずもなかった。

「心の病を治すお薬はないのですか？　姫様は調子のいい時は普通の生活が出来ています。発作の時だけなのです。発作さえ抑えられれば……」

「お后様《きさき》のお母上もそうでした。ですが最初の発作から間もなく、さらに深刻な発作を起こす怔忡《せいちゅう》を経て、常時正気を失い、煩躁驚《はんそうきょう》の症状を出すようになりました」

「煩躁驚……」

「同じ経過を辿《たど》るのであれば、家系病ということになりましょう。煩躁驚の症状が出るようになったなら、もはや我々にも打つ手はございません」

煩躁驚——青龍の一部の家筋で伝わる恐ろしい病だ。

些細な物音ひとつに驚き、恐れ、怒り、獣のように暴れて泣き叫ぶ。

一旦《いったん》発作が起こると、もはや誰にも止められず、拘束して閉じ込めるしかない。

閉じ込められた者は、やがて無気力になり食べることを拒み、衰弱して死んでいく。

またある者は、絶望を訴え、自ら命を絶っていく。

不思議なことに青龍の美姫《びき》が生まれる家系に多いと言われている。

氏家もその家筋の一つだった。

それらの症状を出すのは、家の中でも大抵たおやかで美しい女性だった。

それゆえ、姫君の美しさに嫉妬《しっと》した黒蝋妃の呪いだと囁《ささや》かれている。

「何か……治すお薬はないのですか、雲埆先生？　治るなら何でもしますから」

鱗々は縋るような気持ちでもう一度頼んだ。

雲埆はきらりと目を光らせ、微笑を浮かべる。

「では……まだ治験の途中ですが、蛟龍《こうりゅう》の卵を使ってみましょうか……」

「蛟龍の卵？」

鱗々は聞き慣れない言葉に首を傾げた。

「青龍の角宿《かくしゅく》の地でだけ採れる非常に貴重な生薬です。黒龍の宿る木に生《な》る龍の卵と言われています。扱いが難しく非常に高価なものではございますが、皇帝のお后様のためとあらば、養父である龍氏様もお許し下さいますでしょう」

「それで治るならどうかお願いします」

「分かりました。では私からお館《やかた》様に話してみましょう」

こうして雲埆は上機嫌で后の寝所から出ていった。

鱗々は、その背を見送りながら不安の色を浮かべ、浅い息で眠る姫君を見つめた。

「もしもお館様が支払えないと言うなら、私の財産をすべて差し出してもいい。姫様の病が治るなら私はなんだってする。でも……雲埆先生に任せておいて本当に治るのだろうか。あの人はどうもいけ好かない」

だが、鱗々には他に頼る医師などいなかった。

二、鼓濤と朱璃

青龍の后宮から、皇宮の周りに広がる庭園と池を通り抜けた先に玄武の后宮がある。

広大な王宮では森のような背の高い木々に阻まれ、お互いの宮は屋根すらも見えない。

その玄武の后宮では、先ほどから二人の后が静かに睨《にら》み合っていた。


事の起こりは、朱雀の一の后である朱璃が、玄武の一の后である鼓濤の許《もと》に先触れもなく乱入してきたことにある。


皇帝の后たちには厳格な序列があり、多少の例外はあるものの皇太子となる男児を産んだ一の后が皇帝の唯一の皇后となり、女性最上位の権力を持つことになる。

まだ皇后のいない今は、皇帝の寵愛《ちょうあい》により目まぐるしく序列が入れ替わる。

皇帝の寵愛とは、帝《みかど》が后宮に通う回数と、帝本人の発言などによって決められる。

帝に特段の発言がなければ、后宮に通う回数でほぼ決定される。

現状は、はたから見ると朱雀の朱璃と玄武の鼓濤が一進一退の攻防を繰り広げていた。

そんな中での朱璃の乱入だ。

実状を知らない人々にとっては、帝の寵を争う后同士の痴話喧嘩《ちわげんか》に見えるだろう。

しかし事実はまったく違うものだった。


「私の正体を知って……どうするおつもりですか、朱璃様」

御簾《みす》を上げた御座所《おましどころ》で、鼓濤は目の前に座る朱璃を睨みつけていた。

どういうわけか、男装の医師・董胡と玄武の侍女頭・董麗《とうれい》が同一人物であり、さらに玄武の一の后・鼓濤であることまで、朱璃にばれていた。

成り行きで三役をこなすことになってしまったのだが、代理の侍女頭であった董麗は本物の新たな侍女頭・王琳《おうりん》の登場によって正体がばれることなく役目を終えたと安心していたのに。

それすらもすべてばれてしまっていた。

(どうして……)

だが今となっては、そんなことはどうでもいい。

大事なのは、この玄武の后の最大の秘密を朱璃がどうするつもりなのかだ。

「さて……どうしましょうか、鼓濤様」

勝ち誇ったように不敵に微笑む朱璃に、もはや従うしか道はない。

「陛下に……話すつもりなのですか……?」

朱璃がそうだと答えたなら、すべてが終わりだ。

皇帝・黎司が心を許し信頼し始めていた后・鼓濤は、あろうことか五年前に出会っていた平民の、しかも男と偽って専属薬膳師《やくぜん》にしてくれとまで頼んだ董胡なのだ。

そして、それを隠して厚かましくも后を演じて騙《だま》していた鼓濤なのだ。

(レイシ様はどう思うだろうか……)

黎司の失望した顔が目に浮かぶ。

信じていた鼓濤が騙していたと、裏切られたと。

平民の分際で男装までして医師になった上、図々《ずうずう》しくも后のふりをして騙し続けていたのだと、呆《あき》れ軽蔑《けいべつ》するだろう。

その顔を想像しただけで絶望がこみ上げる。

(もうここには居られない)

黎司に知られる前に、ここから逃げ出すしかない。

(まだレイシ様の拒食も治ってないのに……。もっともっと食べてもらいたい料理がたくさんあったのに……)

項垂《うなだ》れて逃げ出す算段を考え始めていた董胡に、朱璃はふっと笑って答えた。

「話しませんよ。安心してください」

はっと顔をあげて朱璃を見つめる。

「まあ……あなたの説明次第ですが……」

「説明……」

董胡はすっかり白旗を揚げた顔で呟《つぶや》いた。

「あなたが帝に害を為《な》すために騙していたなら、残念ながらすべて話さねばなりません」

「が、害など……私はそんなこと……」

董胡はぶるぶると首を振った。

「ふ……。そうだろうと思っていました。だから陛下には話さずに、こうしてあなたに直接尋ねることにしたのです」

つまり朱璃の心一つで、今頃すべて黎司にばれていたかもしれなかったのだ。

董胡の額に冷や汗が流れた。

「それで？　本当のあなたは一体どれですか？　鼓濤？　董胡？　董麗？」

「わ、私は……」

董胡はすっかり観念してすべて正直に答えることにした。

「私は……薬膳師・董胡です。玄武の斗宿《としゅく》の治療院で育った平民です」

「平民？　治療院で育った？」

朱璃は予想と違ったのか、驚いた顔をした。

「平民育ちのわりに姫君姿が板についていますね」

「輿入《こしい》れする前に所作などは一通り習いましたが……」

「ふーん……。まあ朱雀の舞妓《まいこ》の中にも最初から覚えのいい、所作の美しい子はいます。元々才能があったということでしょうか」

朱璃はどうやら董胡の本当の姿は鼓濤か董麗だと思っていたらしい。

「薬膳師が本当の姿ということは……あなたは男性なのですか？」

「そ、それは……」

医師の専門職である薬膳師が男性の職業だということは、伍尭國の誰もが知っている。

薬膳師・董胡であるということは、必然的に男性であるということになる。

朱璃は董胡が女性だと目星をつけていたのだろう。だから驚いたのだ。

「い、いえ……。女性です」

今さら誤魔化してもしょうがない。董胡は項垂れたまま答えた。

「薬膳師なのに女性？　女性が医師の資格を持てるのですか？」

「いえ。だから男装していました。医師の資格を取りたくて……」

「ああ、なるほど……」

朱璃はようやく事情を少し理解できたらしい。

「それで？　平民薬膳師のあなたがなぜ玄武の一の后《きさき》になどなっているのですか？」

董胡はありのままに話すことにした。

「医師の免状をもらうために黒水晶の宮に行くと……いきなり行方知れずだった玄武公の娘だと言われたのです」

「行方知れず？　あなたはその玄武公の娘だったのですか？」

「ち、違います。いえ……拾われ子だったので分かりませんが……。人違いだといくら言っても、私が娘の鼓濤だと……」

朱璃は怪しむように董胡を見つめた。

「そう言われて素直に従ったのですか？　まあ、そうですね。平民がある日、亀氏の姫君だと言われたなら夢のような話でしょうしね。まして皇帝の一の后なんて、玉《たま》の輿《こし》どころの話ではない。自分の幸運にほくそ笑んだことでしょう」

「わ、私は……幸運だなんて……」

一度も思ったことはない。むしろ最悪の不運だと今でも思っている。

「ち、ちょっといいかげんにしてくださいませ！　先程から聞いていましたが、不躾《ぶしつけ》ながら鼓濤様に失礼ではございませんこと？」

「そ、そうですわ！　幸運にほくそ笑むだなんて！　鼓濤様は人違いだと言って、あの恐ろしいお館様に口答えまでして輿入れをお断りになったのですわ」

ずっと董胡の両脇で黙って聞いていた茶民《ちゃみん》と壇々《だんだん》が、たまりかねたように応戦した。

「鼓濤様は薬膳師になりたいという夢をお持ちだったのです。だから元の場所に帰してくれと何度もおっしゃっていました」

「皇帝のお后様より薬膳師になりたいという鼓濤様のお気持ちは私にはさっぱり分かりませんが、そんな鼓濤様が玉の輿だと喜ぶはずがございません！」

二人は憤慨して朱璃に言い募った。

「ふーん。でもいやいや輿入れしたわりには、ずいぶん陛下のために尽力しているよね？　朱雀の流行《はや》り病の時だって、危険を顧みず妓女《ぎじょ》に扮してまで活躍していたと聞いている」

それは帝が五年前に出会ったレイシだと分かったからだ。

皇帝だからではなく、レイシだから力になりたかったのだ。

「そ、それは、鼓濤様が面倒見のいい方だからですわ」

「そうよ。鼓濤様は困っている人を放っておけないお人柄なのです！」

何を答えるべきか悩む董胡の代わりに、二人の侍女が代弁している。

「それだけで？」

「え？」

しかしすぐに問い詰められて言いよどんだ。

「それだけで他の領地のために命がけで尽力したりする？　おかしいよね」

「そ、それは……」

「えっと、その……」

二人の侍女はすっかり朱璃の誘導尋問に窮している。

「ああ、そうか！」

そこで朱璃はなにか思いついたように、拳《こぶし》で手の平をぽんと叩《たた》いた。

「分かったよ。鼓濤様は帝にお会いして、お心を奪われてしまったのだね？」

「え？」

思いがけない話の展開に董胡はぽかんと顔を上げた。

そしてすぐにぼうっと顔が赤くなるのが分かった。

「ち、ちょっと、急に何を言って……」

しかし董胡が反論する前に、茶民と壇々が強く同調した。

「そ、それですわ！　鼓濤様は帝を心より愛してしまわれたのです！」

「そうです！　だから命がけで愛する帝のために尽力したのです！」

「ちょっと、何勝手に答えてるんだよ。そんなこと一度も言ったことないでしょ！」

すっかり普段の口調でむきになって否定する董胡を見て、朱璃がくすくすと笑っている。どうやら朱璃のいつもの軽口だったようだ。

わざと怒らせるような言い回しをして、董胡達の本音を聞き出そうとしたのだろう。

三人とも完全に朱璃の手の平で面白おかしく転がされている。

「しゅ、朱璃様の方こそ、私の正体を知ってどうするつもりなのです。何が目的なのですか？」

今度は董胡が詰め寄る番だ。

董胡の弱みを握って、いったい朱璃は何を企《たくら》んでいるのか。

「私は『とうれい』のことを知りたいだけです」

「とうれい……？」

茶民と壇々は董胡の扮《ふん》していた侍女頭・董麗のことだと思って首を傾げている。

「以前話しておられた朱雀の后宮にいた侍女のことですか？」

董胡だけが『とうれい』が誰のことか分かっていた。

前に侍女頭として朱雀の宮に招かれた時、朱璃には幼い頃に出会った忘れられない想い人がいると聞かされた。その人の名が「とうれい」で、董胡に似ているらしい。だからその女性の娘だと疑われたようだが……。

董胡とはまったく関係ない女性だったはずだ。

「そう。私が五歳の頃、朱雀の后宮で出会った女性です。でも、彼女は侍女ではなかったのです。乳母の娘でもなかった」

「え？　誰だか分かったのですか？」

「ええ。分かりましたよ。誰だと思いますか？」

朱璃は思わせぶりに董胡を見つめた。

「さあ……。見当もつきませんが」

「朱雀の三の后宮の主《あるじ》でした」

「主？」

「ええ。先々帝のご息女にあたるお方。由緒正しい麒麟の皇女です」

「皇女……」

董胡は目を見開いた。

「そして彼女は私と出会った後しばらくして后宮を出て貴族の許《もと》に嫁いだのです。誰に嫁いだか分かりますか？」

「………」

そこまで聞いて、ようやく董胡にも朱璃の言わんとすることが見えてきた。

「まさか……」

董胡が答える前に朱璃が肯《うなず》いて答えた。

「そう。玄武嫡男・奨武《しょうぶ》。現在の玄武公です」

「!!」

董胡は信じられない事実に混乱していた。

「行方知れずの娘とは、その濤麗《とうれい》の子だという話です。あなたでしょう、鼓濤様？」

「まさか……。私が本当にその濤麗の娘だと……？」

それが本当なら、董胡は皇女の娘。麒麟の血を引く姫君ということになる。

「ち、違います。私が濤麗の娘だという証拠など、どこにも……」

「証拠ならありますよ」

「………」

董胡は被せるように答える朱璃を呆然《ぼうぜん》と見つめた。

「五歳の頃の話とはいえ、私ははっきり覚えているのです。不思議なほど色褪《いろあ》せることなく私の心にその顔が刻み込まれています。年の頃もちょうど今のあなたと同じぐらいでした。見事なほど瓜二《うりふた》つです。間違いなく濤麗の娘だと私が保証します」

朱璃の言葉を聞いて喜んだのは、茶民と壇々だった。

「ま、まあ！　では鼓濤様は麒麟の姫君で間違いないのですね？」

「卑しい血筋などではなかったのです！　絶対そうだと思っていましたわ！」

二人の侍女は、董胡が身分のよく分からない濤麗という姫君と、平民医師の卜殷《ぼくいん》の間にできた不義の子かもしれないと心配していた。

卜殷の子である可能性は残っているものの、少なくとも母が麒麟の皇女という最高の血筋であったことに安堵《あんど》したのだ。

しかし董胡はまだ信じられなかった。

「朱璃様は、私が濤麗の娘であって欲しいと願うあまり、そのように見えるのではないですか？　五歳の記憶がそこまで鮮明であるはずがないと思いますが」

だが朱璃は少しも揺るがない。

「ねえ、鼓濤様。麒麟の血筋に時々現れる不思議な力を聞いたことがありますか？」

「それはもちろん……」

この中の誰よりも間近に、黎司の側近である翠明《すいめい》の不思議な術を見てきた。

「濤麗が麒麟の血をひく皇女と分かって、私は腑《ふ》に落ちたのです。濤麗には説明のつかない不可思議な力がありました」

「まさか……」

翠明のように式神を出したり出来たのだろうか。

「麒麟の力と一口に言っても、人によってずいぶん様々なようです。そして濤麗が持つ力は、魅了の力とでもいうのでしょうか」

「魅了の力……？」

「濤麗が庭を歩けば、あらゆる生き物たちが集まってきました。小鳥や栗鼠《りす》、蝶《ちょう》や蜻蛉《とんぼ》。池に近づけば魚たちが水際に集まってきました。幼い私はそれが楽しくて、濤麗のあとをついて回っていました」

麒麟の力は謎だと言われているが、そんな不思議な力は初めて聞いた。

「小鳥を肩にのせ、栗鼠を手の平の上で撫《な》でて微笑む濤麗の姿が今でもはっきりと思い浮かびます。でもそれだけではなかったのです」

「？」

董胡は続く朱璃の言葉を半信半疑のまま待った。

「動物だけでなく、人もまた、濤麗に知らず魅了されていたのです」

「人も？」

朱璃は肯いた。

「濤麗は確かに美しい女性でしたが、私は朱雀の妓楼で極上の妓女達を見て育っています。それでも五歳の頃に見た濤麗の印象は誰よりも鮮明で際立っている。私はずっとそれが初恋のようなものなのだと思っていました。でもそうではなかった」

朱璃は一呼吸置いて、董胡を見つめ直した。

「濤麗にそっくりな目の前のあなたを見ても、やはり私が魅入られて止まないのは五歳の時に見た濤麗なのです」

「それが麒麟の力ゆえだと?」

そんな妙な力があるだろうか?

翠明の式神もたいがい信じられない力だが、人の心を操るようなそんな力が本当にあるのだろうか? にわかには信じがたい。

「三の后宮《きさきぐう》の女性達は、単《ひとえ》姿で走り回る濤麗をいつも叱《しか》っていましたが、怒っていてもみんな彼女を温かい眼差《まなざ》しで見ていたように思います。周りのすべての命が彼女に愛の波動を送り込み、彼女が歩いた道には光の筋が出来ているように見えました。私はそんな濤麗に憧《あこが》れ、今も忘れられないでいるのです」

確かに五歳の頃の初恋に、二十年経った今でも執着しているなんて普通ではない。

それが麒麟の力の為《な》せる業《わざ》だというなら、納得できる気もする。

「濤麗がその力に気付いていたかどうかは分かりません。けれど彼女が意図しようがしまいが、彼女に出会った者は魅入られてしまう。そして当時、私以上に彼女に魅入られ執着した者がいました」

「………」

董胡はなにかぞわぞわと不吉なものが腹の底からこみ上げてくるような気がした。

「その頃、朱雀の后宮は流行《はや》り病のせいで壊滅状態でした。最初に亡くなったのは、現皇帝の母君・凰葉《おうは》様です。ついで凰葉様の父君、兄君が亡くなり、帝《みかど》の強い後見となるはずだった朱雀の血筋が途絶えてしまいました」

黎司の母と祖父と伯父《おじ》にあたる人物だ。

「他の后宮は何事もないのに、朱雀の后宮の者だけが次々に亡くなったのです。ですが凰葉様の父君と兄君も皇太子様の後見として、よく凰葉様の許《もと》を訪ねていらっしゃっていたので、病を移し合ったのだと、そんな風に当時は思われていたようです」

ばくばくと董胡の鼓動が速くなる。聞きたくないけれど、聞かなければならない。

「けれどももしも皇太子様を目障りに思う者がいたとすれば、非常に好都合な不幸でした。そしてうまくやった。たった一つの綻《ほころ》びを除いては……」

董胡は半ば観念したように朱璃の次の言葉を待った。

「目障りな朱雀の后宮の者達を流行り病ということで全滅させるはずだったのに、濤麗だけは死なせたくなかった者がいたのです。濤麗に魅入られ、執着してしまった者が」

董胡は震える声で自ら答えた。

「それが玄武嫡男・奨武だと……」

朱璃は肯いた。

「濤麗のいた三の后宮だけが不自然に病の難を逃れ、亀氏に嫁いでいる。もしも凰葉様たちの暗殺を企てたのなら、ありえない縁談です。けれどそのありえないことを無理強いしてまで望むほど濤麗に魅入られてしまった」

茶民と壇々は、二人が何を話しているのかよく理解できていないようで目を見合わせている。しかし董胡には残酷な事実が見えていた。

「朱璃様は……私がその濤麗と玄武公の娘だと言いたいのですか？」

「そう考えるのが自然でしょう」

「朱璃様は玄武が、凰葉様やその父君たちを暗殺したと疑っておられるのでしょう？」

「まあ……そうですね」

「もしそれが事実なら……」

董胡は苦渋の表情を浮かべ告げる。

「私は……帝の母君や大切な後見の血筋を殺した玄武公の……娘ということになります」

黎司の母を、祖父を、伯父を殺した男の娘なのだ。

彼らが生きていれば、黎司はこれほど厳しい立場にならずに即位できた。

まさに憎むべき仇《かたき》の娘ということになる。

玄武公が黎司と敵対する勢力だとは思っていたが、そこまでは考えていなかった。

自分が玄武公の実子であることも半信半疑、いや心の底では否定していた。

それなのに……。

「いいえ、違います！　私は濤麗の娘なんかじゃない。朱璃様の思い違いです！」

そうであって欲しい。それが無理なら、せめて。

「私は玄武公の血など引いていない」

濤麗と卜殷の娘であると信じたい。玄武の血を引くぐらいなら不義の子でいい。

由緒正しき血筋の娘であったとしても、同時に黎司の仇の娘になってしまう。

そんな者であるぐらいなら、ただの無関係な平民の娘であった方がいい。

「……もちろん……これはすべて、私の勝手な推測ですけどね」

朱璃はむきになって否定する董胡をなだめるように言った。

「真実は分からない。それを知っているのは玄武公だけでしょう。濤麗もまた被害者です。勝手に見初められて、勝手に命を救われて、勝手に輿入《こしい》れを決められた。そして嫁いで、あなたを産んですぐに亡くなっている。何があったのかは分からないけれど、幸せではなかったのでしょう。あなたも被害者です、鼓濤様」

それは当事者でない朱璃だから言える言葉だ。

しかし当事者である黎司は……きっとそうは思えない。

黎司の母を殺した男の娘という事実から、董胡は一生逃れることはできないだろう。

しばしの沈黙のあと、董胡は力なく告げる。

「最初から……分かっていたのです」

「え？」

朱璃は俯《うつむ》いたまま呟《つぶや》く董胡を見つめた。

「最初から、平民育ちの私などが帝の后になる資格などないことは分かっていました。正体がばれる前に、ここから消える覚悟でずっと過ごして参りました」

「鼓濤様……」

董胡の告白に驚いたのは、茶民と壇々だった。

「そ、そんな……。消える覚悟だなんて、そんなの初めて聞きましたわ」

「そうですわ。鼓濤様が消えてしまったら残された私達はどうなるのですか？」

「主《あるじ》を逃亡させた罪は重いですわ。死罪しかありません」

「そんな恐ろしいことを考えておられたなんて……」

董胡は困ったように泣きそうな顔の二人を見た。

「うん。二人や后宮の人達のことを考えると、出来なかった。そして他にも……」

董胡は縋《すが》るように朱璃を見つめた。

「私には、消える前にどうしてもやらねばならないことがあるのです、朱璃様」

「やらねばならないこと？」

こんな呪われた血をひく董胡だが、まだやるべきことが残っていたと思い出した。

ここまで知られたからには、朱璃を信頼して思いのすべてを白状し、協力を請うしかない。たった今、そう決意した。

「まず、実は先ほど二の后宮にお住まいの皇太后様の許を、玄武の嫡男・尊武《そんぶ》様が訪ねて来られたのを見ました」

「玄武の嫡男？」

急に話が横道にそれて、朱璃は首を傾げた。

「遠目にちらりと見ただけですが、見覚えのある顔のように見えました」

そして董胡は、一度深呼吸してから朱璃に告げる。

「一瞬のことゆえ断定はできませんが……私が朱雀に密偵として潜入していた折に会った若君ではないかと思います」

「な！　まさか！　ではあの怪しげな極楽金丹《ごくらくきんたん》を広めようとした男が……？」

朱雀の詳しい話は知らされていなかった茶民と壇々は、何の話か分からず顔を見合わせて首を傾げている。

「私が本当に玄武公の娘であるとしたら……尊武――あの若君は、私の異母兄ということになります」

鼓濤が不義の娘であるなら玄武公の血をひいていない可能性もあるが、玄武の系譜の上では、紛れもなく兄だった。

「私は朱璃様の朱雀に害を為そうとした者の妹でもあるのです」

「それは……」

朱璃は戸惑うように目を泳がせた。

黎司の母を殺した仇の娘であり、朱璃の育った朱雀を陥れようとした憎むべき男の妹なのだ。知れば知るほど呪われた血筋だった。

「真偽を確かめ、このことを陛下に知らせ、罪を暴かねばなりません」

「鼓濤様……。そんなことをしたらあなたは……」

玄武の娘でありながら、玄武を裁くことになる。それは危険過ぎると言いたいのだろう。しかし朱璃の心配をよそに、董胡は話を続けた。

「それからもう一つ。帝《みかど》は拒食を患っておられます。その病を治さずに王宮を出ることだけはしたくないのです」

思いがけない話に朱璃は驚いた。

「拒食？　その病は……あなたなら治せるのですか？」

「はい。実は私は董胡として、五年前に斗宿の村で皇太子時代の帝と出会っています。当時の私は、まだ無邪気に薬膳師を夢見ているだけの子供でした」

「えっ⁉　そうなのですか？」

声を上げたのは茶民と壇々だった。

二人にも斗宿の頃の話はまだ内緒にしていた。

「その頃にも一旦《いったん》、病は快方に向かいました。帝は私の料理だけは食べて下さるのです。でも王宮で五年ぶりに会った陛下は、再び拒食になっておられました。今は鼓濤の后宮で薬膳《やくぜん》師の料理を振る舞うという形で料理を食べてもらっています」

「なるほど……。そういうことでしたか」

朱璃はいろいろ納得したように肯《うなず》いて、気付いたように尋ねた。

「では帝はその薬膳師が董胡だと気付いているのですか？」

「はい。この后宮《きさきぐう》に五年前に薬膳師を目指していたあの少年が雇われていると思っておいでです。その正体が鼓濤と同一人物であることはご存じありません」

「薬膳師を目指していた少年……。つまり今も帝は、董胡は男子《おのこ》だと思っているということですか？　そして鼓濤様とは別人だと……」

「はい……」

朱璃は驚いて考え込んでしまった。

「これは……厄介なことになっていますね」

本当に、身から出た錆《さび》とはいえ、複雑怪奇な状態になってしまった。

もはや絡み切って元には戻せないだろう。

「陛下を騙《だま》すつもりなどありませんでした」

朱璃は項垂《うなだ》れて呟く董胡を見つめた。

「最初はうつけで無慈悲な帝だと教えられ、身動きのとれない後宮から出る手段として后の専属医官である董胡を作り出しました。その時偶然再会したのです」

ぽつりぽつりと話す董胡の話を、朱璃は黙って聞いている。

「陛下もご自分の素性は明かさず高位の神官だとおっしゃっています。私も五年前の麗人が陛下だと、最初は気付かなかったのです」

これまでの日々を思い返すように朱璃に説明する。

五年前のレイシが帝だと最初から気付いていれば、何かが違っただろうか。

薬膳料理を作るのが好きな鼓濤として、素知らぬ顔で黎司の后になれたのだろうか。

いや、それでも行き着く先は同じだ。

黎司の母を殺した仇の娘だと分かった時点で、鼓濤は忌むべき相手となる。

「私はただ、五年前から慕い続けたあの方が健やかであって欲しいだけなのです」

複雑にからんだ糸を一つずつほどいた最後に残ったもの。

最後に残った一筋の思いは、ただレイシが健やかに幸せでいて欲しいということ。

……ならば思い残すことのないように、出来る限りのことをやってから消えたい。

「どうかお願いします、朱璃様。陛下の拒食が治るまで、私のことは黙っていて欲しいのです。病さえ治れば、あとは朱璃様の言う通りにします。だから、どうかそれまでは」

朱璃は確かめるように尋ねた。

「病が治れば陛下にあなたの正体をばらしてもいいのですか？」

「はい」

董胡は覚悟を決めて肯く。

朱璃は少し考えてから、あっさり納得した。

「うん。そうですね。ずっと隠していてもいずれはばれるでしょう。正直に話せば陛下は分かって下さると思いますよ。すべて話して本当の絆《きずな》を結ぶべきです」

朱璃は董胡よりもずいぶん簡単に考えているようだった。

だが董胡は違う。

董胡は五年前の黎司に会っているのだ。

傷だらけでぼろぼろで、行き倒れるように斗宿の治療院の前で気を失っていた黎司を。

もう少しで命を失っていただろう息も絶え絶えの黎司を。

目覚めてからも食べることを拒み、誰も信じられず心を開かない黎司を。

何度も毒を盛られて死にかけたと聞いた。

拒食になるほど食べることを恐れ、今もその病に苦しむ黎司を、誰よりもそばで見続けてきた。それがどれほどの苦しみであるかを一番そばで見てきたのだ。

その苦しみを与えた元凶である玄武公の血が、董胡に流れている。

その罪深さを誰よりも知っているのは、董胡自身なのだ。

黎司がたとえ許しても、董胡が許せない。

深く息を吸い、董胡は静かに答えた。

「いえ。正体を明かす時がきたら、私は密《ひそ》かに王宮を出るつもりです」

「な!!」

これには二人の侍女も声を上げた。

「や、やっぱり后宮から消えるつもりなのですね？　そんな……」

「では私と茶民はお館様に捕まって死罪になるのですか？　恐ろしや……」

董胡は申し訳なさそうに二人を見つめ、再び朱璃に頭を下げた。

「どうかお願いします、朱璃様。陛下にすべてばれた時には、私の后宮の者達を朱雀の后宮で引き取ってもらえないでしょうか。玄武公に捕らえられる前に、朱璃様の宮に匿《かくま》って頂きたいのです」

「な、なにを言い出すのですか……」

「無茶なお願いだと分かっています。でも、どうか……」

他に道はない。

これが最善最良の解決策だ。

「侍女達を匿うことを言っているのではありません。何もあなたが消える必要などないと言っているのです。きちんと陛下に話して、そのまま后として残ればいい。陛下もきっとそれを望まれるはずです」

五年前の黎司を知らない朱璃には、きっと分からない。だが。

「私には鼓濤様の正体を知った時の、帝の心の内が見えるような気がしています。確かに驚き、多少の戸惑いはあるかもしれないが、きっとすべてを受け止め、これまで以上に深く絆を結ぼうとするはずです」

朱璃は食い下がって言う。

「私は鼓濤様を王宮から追い出すために、今日この后宮にやってきたのではありません。二人の間で複雑に絡み合った糸をほぐすために来たのです。それが皇帝の力となり、ひいては伍尭國の安定に必要だと思ったからです」

しかし董胡の決意は固かった。

「いいえ。私は薬膳師・董胡なのです。鼓濤としてこの后宮にいても、私は薬膳師なのです。陛下の本当の后になどなれないのです」

「でも……」

「どうか、お願いします。朱璃様」

「…………」

朱璃は、今はこれ以上話しても無駄なのだと悟ったようだ。

「考えてみれば……今日知ってすぐに受け止められる話ではないですね」

男装して騙していたこと、帝の仇《かたき》の娘であること。兄すらも帝に害を為《な》す罪人であるかもしれないこと。様々な事情が、董胡の心を頑なにしているだけだと。

いずれ時間が解決してくれるだろうと。

「分かりました。侍女達のことは任せてください。でも、くれぐれも勝手に消えたりしないで下さい。そんなことをしたら侍女達の命の保証はないですよ？　何か事を起こす時は、絶対に私に相談すると約束して下さい」

朱璃は最後に自分を頼ってくれればなんとか出来ると思っているのかもしれない。

董胡はそれでいいと思った。

「はい。約束します」

朱璃はその言葉を聞いて、少しほっとしたように立ち上がった。

「まだ話し足りませんが、もういいかげん戻らねばなりません」

そろそろ大朝会《だいちょうかい》が終わって禰古《ねこ》が帰ってくるころだ。

今頃、朱雀の后宮では朱璃がいないと大騒ぎになっているかもしれない。

「今度またゆっくり話しましょう」

そう言って立ち去りかけた朱璃だったが、ふと思い出したように振り返った。

「そうだ。これも聞いてみたいと思っていたのです」

「？」

「あなたが麒麟の血をひく濤麗の娘であるなら……。もしかして、なにか麒麟の力を持っているのかと思ったのです」

「麒麟の力？」

「ええ。なにか他の人にはない特殊な力がありませんか？」

「人と違う特殊な力？　いえ、私にはそのような力は……」

しかし菫胡は、答えながらはっと思い当たった。

幼い頃から、菫胡にだけ視えるもの。

他人の食の好みが色になって視える力……。

（まさか……）

そういえば卜殷は、菫胡のこの力を決して他言しないようにと言っていた。

だから卜殷と楊庵《ようあん》にしか話したことがなかったのだが、考えてみれば卜殷はなぜ隠そうとしたのか。それは……。

（私が麒麟の血を引いていると知っていたから？）

それはつまり、卜殷が董胡は濤麗の娘だと知っていたということになる。

やはり卜殷は玄武公が言うように幼い鼓濤を連れ去ったということなのか。

（卜殷先生は私の出生について知っているんだ……）

信じていた養父が、何か別の者であったかもしれない恐ろしさに身が凍る。

だが、そんな話をここで朱璃に正直に答える気にはなれなかった。

「麒麟の力など……私にあるはずもありません」

「そうですか。もしもそんな力があれば、それこそが、あなたが濤麗の娘である確かな証《あかし》だと思ったのですが……。全員にある力ではないようですからね」

納得したように去っていく朱璃の背を見つめながら、董胡は自分が濤麗の娘で間違いないのだという確信を、絶望と共に深めていた。

三、黎司と尊武

皇宮の一階にある謁見の間には、珍しい男が皇帝にひれ伏していた。

皇帝・黎司は繧繝縁《うんげんべり》の厚畳《あつだたみ》に座し、御簾《みす》を上げている。

「久しぶりであるな、尊武。二年ぶりか……。面を上げるがよい」

男は涼やかな顔を上げ、切れ長の吊《つ》り目で微笑みかけてきた。

皇太子時代はほとんど話したこともなかったが、殿上《てんじょう》会議の重臣の一人として何度か見かけている。

「異国に外遊していたため、即位祝いのご挨拶《あいさつ》が遅れ、申し訳ございませんでした」

玄武の嫡男として宮内局の局頭《きょくがしら》を任じられていたが、外遊が趣味なのか就任当時から殿上会議を休みがちだった。

それでも秀でた外見のせいか、色のある声音のせいか、存在感のある男だった。

年は確か三つほど上だったはずだ。重臣の中でも一番年の近い相手ではあるが、玄武の子息と懇意にできるはずもなく、得体の知れない相手だ。

側近の翠明も警戒して、すぐそばに座して控えている。

「そのお詫《わ》びとして、この尊武が厳選した異国の土産をお持ちしました」

尊武は入り口近くに控える神官に目配せして、品物を運び込ませた。

大小の櫃《ひつ》が黎司の前に並べられた。

「ほう。ずいぶんたくさんあるな」

神官達は櫃を開けて、中にある織物や調度を並べて見せた。

不思議な装飾の小箱や煌《きら》びやかな金杯、見たことのない絵柄の織物が並ぶ。

「これは珍しい。伍尭國では見かけぬ材質と色合いだな」

「はい。国が違えば採れる鉱物も違います。また染料が違えば自《おの》ずと違う文化や芸術が生まれるものでございます。はるか西方には信じられないほどの文明を持つ国があるようでございます。残念ながら西の端まで辿《たど》り着くことは出来ませんでしたが、この皇宮を二つ重ねたほどの高さの、城と呼ばれる王侯の住む宮をいくつか見ました」

「この皇宮を二つ重ねた高さ？　それで崩れぬのか？」

伍尭國では、皇宮が一番高い建物だった。

平民の住居はもちろん平屋造りで、貴族の家も高床にすることはあっても平屋がほとんどで、二階造りでも珍しいぐらいだ。例外として朱雀の妓楼《ぎろう》や、青龍にある蛮国との境に建てられた砦《とりで》などは高層だが、それでも皇宮よりは低い建物だった。

それ以上の階を重ねると地揺れに耐えられない。地揺れのたびに崩れてしまうからだ。

「西の国々では滅多に地揺れがないようでございます。まったくない訳ではないようですが、伍尭國より格段に少ないという話でございました」

「なるほど。地揺れが少ないなら、高層階にすることもできるのか」

「それに石を重ねた建物なのです。平民も石の家に住んでいます」

「石を重ねた家？　ずいぶん寒々しい家に住んでいるのだな」

冬は底冷えがして、夏は風通しが悪く、梅雨の時季には黴臭《かびくさ》くなりそうだ。

「ところが伍尭國とは気候が違うので快適なようでございます」

「ふーむ。見てみたいものだ」

黎司はすっかり尊武の話を夢中になって聞いていた。

警戒心は持っているものの、伍尭國のどんな書物にも書かれていない尊武の話は興味深かった。

「実は獣の革に、その城を描いた絵を一つ持ち帰って参りました。獣の革ゆえに陛下にお見せするのはご無礼かと思い置いて参りましたが……」

「獣の革に絵を描くのか？　蛮族のようであるな」

「青龍の東に住む蛮族は獣の革を着ますが、西方では獣の皮を白濁した水に浸《つ》け込み、延ばし乾かして写本などに用いるようです。お望みであれば今度お持ち致しましょう」

「うむ。見てみたい」

つい若い好奇心から答えていた。

尊武は殿上会議で見かけていた頃は、静かで冷たい印象だったが、話してみるとずいぶん気安く饒舌《じょうぜつ》だ。この二年で変わったのか、以前からそうだったのか。

「ところで、なにゆえそなたは外遊ばかりしている？　何か目的があるのか？」

黎司は尊武の腹の底を探るように尋ねた。

ただ無意味に外遊しているとは思えない。

玄武公に何か命じられているのか。良からぬ企《たくら》みでもあるのか。

そうでなければ、あの玄武公がこうも自由に嫡男を外に出すはずがない。

尊武は一瞬真顔になり、すぐに頭を下げ平伏した。

「申し訳ございません、陛下」

「？」

突然謝られて黎司は驚いた。

「私が留守の間、我が父が陛下にしでかしたご無礼の数々は聞き及んでおります」

「…………」

思いがけない謝罪に戸惑う。

「我が父上は先帝が突然崩御されて、少しおかしくなってしまっているようです。私がそばにいれば戒めましたものを、申し訳なく思っております」

「…………。そなたは玄武公とは違う考えであると？」

黎司は怪しみながら尋ねた。

「もちろんでございます。私は皇太子様の頃から陛下のお志の高さを尊崇しておりました。陛下こそがこの伍尭國を創司帝《そうし》の時代のように繁栄させて下さるお方だと信じております。父上がどのように考えていようと、私は陛下の忠臣のつもりでございます」

「………」

もしもそれが本心であれば、黎司の治世はどれほど楽になるだろう。

皇帝以上に豊かな財を持ち、四公の中でも絶対的な権力を持つ玄武。

その嫡男が味方であるなら、貴族をまとめるのもずいぶん容易になる。

だが……それほど甘くはないだろう。

「そなたは宮内局の局頭であるが、内医司《ないいし》の殉死制度のことを知っていたのか？」

「………」

尊武は静かに顔を上げた。

『御霊守目録《みたまのもり》』という殉死者の名前が書かれた巻子《かんす》が、宮内局の内医司の書庫に保管してあったようだ。そなたの管轄であるな」

黎司はさらに重ねて尋ねた。

「殉死制度を利用して、名医と言われる医師達がずいぶん多く葬られてきたようだ。局頭であるそなたが知らぬはずはないだろう？」

問い詰められて本性を出すか、と黎司は目の前の男を値踏みするように見つめた。

「お許し下さいませ、陛下」

尊武は観念したように頭を深く下げた。

「…………」

案外あっさり認めるのだなと黎司は意外に思う。しかし。

「私はこれまで好奇心のままに外の世界に目を向け、我が任務をおろそかにしておりました。若くして宮内局の局頭を任じられたものの、私はもっと外の世界のことを知りたかったのでございます。ゆえに宮内局の仕事を父に任せっぱなしにして、外遊ばかりしている放蕩《ほうとう》息子でございました」

「つまり……何も知らなかったと？」

「はい。主に医術博士の章景《しょうけい》殿が私の代わりに宮内局を取りまとめて下さっていたようでございます。若さに甘え無責任であったと反省しております。すべては私の不徳の致すところでございます。どのような処分も覚悟しております」

「…………」

目の前で平謝りする男に悪意はないように見える。

局頭という任務をなおざりにしていたのは問題があるが、若さゆえの好奇心が勝《まさ》ったのだと思えば、むしろ無邪気で好感の持てる青年のようにも見える。

「もしも知っていたなら……そなたは父である玄武公に意見したのか？」

尊武ははっと顔を上げた。

「もちろんでございます！　ですが……父の力は強大で……翻意させることができたかどうかは分かりません。私は玄武ではまだまだ若輩者なのでございます。陛下のような英断が出来たかどうか自信はございません。されど……私も陛下のようでありたいと願っております」

「…………」

言葉を聞く限りは、主君に忠実で正義感溢《あふ》れる青年だ。

だが、あの玄武公の嫡男なのだ。信じるには早い。

「では……そなたは私と玄武公が争ったならば、私に加勢するのだな？」

わざと意地の悪い質問をする。

しかし尊武は怯《ひる》むことなく答えた。

「陛下の方が正しいと思ったならば迷うことはございません。私は伍尭國に良かれと信じる方に加勢致します。ですがもしも陛下が間違っていると思うなら、死罪を覚悟で意見させていただくつもりでございます」

「ふむ……」

あっさり迎合しないところがまた清々《すがすが》しい。

本当にこんな臣下がいれば、どれほど心強いだろうか。

それほど黎司は貴族に味方がいなかった。

「そなたのような臣下が欲しかった。今後はそなたを頼りにしよう」

尊武はにこりと微笑む。

「ありがたいお言葉でございます。今後は宮内局の局頭として陛下のため、伍尭國のために尽力する所存でございます。どうかなんなりとお命じくださいませ」

「うむ。期待しているぞ」

　こうして尊武の謁見は問題なく終わった。


「彼《か》の者をあまり信じすぎない方がよろしいかと思います」

　二人きりになると、翠明は黎司に進言した。

「医師の試験に主席で合格したことはもとより、非常に聡明《そうめい》であるという噂もございます。されどそれと同時に十代の頃はずいぶん悪辣《あくらつ》な行いがあったという噂も聞いております」

「噂などというものは、どうとでも流せる。私の醜聞がまさにそうであろう？　悪気があろうとなかろうと、間に介入した人の数だけ真実は捻じ曲げられる。私は風聞などというものは、まず疑うことにしている。そなたが尊武の悪辣な行いを直接見たというなら信じるがな」

　黎司は尊武を庇《かば》うように言う。

「それはそうですが相手は玄武公の子息です。何を企んでいるか分かりません」

　孤立無援のあまり、あっさり懐柔されてしまったのかと翠明が慌てる。

　しかし黎司はふっと笑った。

「心配するな、翠明。私もさすがにそこまで能天気ではない」

「だが……世間ではうつけの能天気な皇帝だと思われている。ならばそれを利用しない手はないだろう？　愚かな帝《みかど》があっさり手の内に落ちたと思わせておけばよい。もっとも、本当に正義感のある好青年であればよいのにという願望も皆無ではないがな」

翠明は黎司の本音を聞いてほっとした。

「さようでございましたか。あの者があまりに聡《さと》いゆえ、すっかり騙《だま》されているのではと心配になりました」

「残念ながら単純に人を信じられるほど健やかな人生ではなかったのでな」

幼少の頃より、人を信じて暗殺されかけたことは数えきれないほどある。

疑心暗鬼になり、この翠明すら信じられなくなるような時期もあった。

それが五年前、斗宿で行き倒れたあの時だ。

誰も信じられず、居場所もなく、自分などどうなってもいいと自暴自棄になっていた。

だが董胡に出会い、自分を何者とも知らず懸命に助けようとする姿に心を打たれた。

このまま誰も信じずに死んでいくぐらいなら、誰かを信じて死ぬ方がいいと思った。

あの日黎司は悟ったのだ。

皇太子でも何者でもなくなった自分に最後に残るものは、単純な信念だけなのだと。

「皇帝である私は、個人の自由意志で決められることが限られている。命を狙う人間でも重臣として重用しなければならない。嫌いだからと排除することもできぬ。為政者が好き嫌いで人事を行えば、必ず国は乱れ衰退していく」

「はい。その通りでございます」

そんなことが出来たなら、とっくの昔に玄武公を排除しているだろう。

「だが私にも僅《わず》かに自由が許されている。何か分かるか？」

「…………」

翠明は首を傾げた。

「誰の言葉を信じるか選ぶ自由だ。そして集めた信頼できる言葉の数々で、どのような信念を持つかだ。先帝である父上は、玄武公を信じた」

そうして玄武公の傀儡《かいらい》と成り果てた。

玄武に偏った権力を与え、政治さえも思うままにさせてしまった。

「玄武公に敵対する私から見ると、無力で愚かな皇帝であった」

「それは……」

先帝に不遜《ふそん》であるとは思いつつ、翠明も否定はしない。

「されど気が弱く、生まれつき体が虚弱な父上にとっては仕方のないことだったのかもしれないと最近は思うのだ。そうして玄武に与《くみ》することで医術の恩恵を最大限受け取り、父上は穏やかな治世を過ごされた。国も大きく乱れなかった」

「はい……。確かに表面上は安定した治世でございました」

その場しのぎの政《まつりごと》で後世に多くの禍根を残したが、先帝の力量ではそれが精一杯だったのかもしれない。

「父上は自分に必要なものを選び取り、その信念の通りに生きただけなのだ」

黎司は少し前まで玄武公に言いなりの先帝を嫌い、憎んでさえいた。

しかしそんな父を、最近は許せるような心境になっていた。

自ら皇帝となり、父の重圧を知り、思いやる余裕が出来たのかもしれない。

「父上はあれで良かったのだ。私の信じるものと父上の信じるものが違うだけだ」

「先帝はご自分の力量を鑑《かんが》みて、玄武に従うのが最善だとお考えになったのかもしれませんね。深いお考えの上で選び取った道なのかもしれません」

今となっては先帝の心の内は分からないが、親の弱さを許せるようになった時、人はようやく一人前になれるのかもしれない。黎司にとって、今がその時なのだろう。

「だが何を信じるかは慎重でなければならない。皇帝である私が間違ったものを信じたならば、国を大きく揺るがすことにもなりかねない。だが一方で慎重になりすぎて本当に信頼すべき者を疑い、失うことのないようにせねばならない」

玄武の者だからと疑い嫌悪していたなら、鼓濤という大切な存在を得られなかった。

「尊武が玄武の嫡男だからという理由で忌み嫌い遠ざけることはしない。敵だと思っている中に得難い忠臣がいる可能性もある。まずは本人をじっくり見て判断するつもりだ」

玄武の后《きさき》だからというだけで、最初鼓濤を疑い、無礼な行いをしてしまったことを今も悔やんでいる。同じ失敗はもう決してすまいと思っていた。

「そうして私が信じたものを、周りの圧力で見失わないでおこうと思う。圧力に負けて信念を捻じ曲げた途端、私はもう私ではない。自分の信念を裏切り、誰かの言いなりになった人間は、果たして人と呼べるものなのだろうか。そんな者になるぐらいなら、この身が果てた方がましだと、私は思うのだ」

結局、人というものは、誰を信じ、何を信念とするかで形作られている。

信念を失った者は、生きる意味を失い絶望するか、ただ漫然と食べて寝て、動物の本能を維持し続けるだけの無意味な者になるしかない。

「私も……そのように思います」

翠明は、黎司がまた一つ皇帝らしくなったと、三日月の目を細めた。

四、黎司の贈り物

年の瀬が迫った玄武の后宮では、大掃除どころではない騒ぎが持ち上がっていた。

「私は……何か悪い夢を見ているのでございましょうか……」

底冷えのする声で唸《うな》るように呟《つぶや》いているのは侍女頭の王琳だった。

「茶民！　壇々！　どういうことですか⁉」

名指しされて、後ろに控えていた二人の侍女が「ひぃいい」とひれ伏した。

「も、申し訳ございません、王琳様！」

「し、仕方がなかったのでございます。お許し下さいませ」

王琳は目の前の信じられない光景にわなわなと唇を震わせている。

「ごめんね、今まで黙っていて。これが私の本来の姿なんだ」

そう告げるのは、医官姿の董胡だった。

「なんという……。ああ……眩暈《めまい》が……」

王琳は角髪《みずら》頭で男装する后に卒倒しそうになっている。

王琳にはもうしばらく黙っておこうと思っていたのだが、そうもいかなくなった。

朱璃に正体がばれてしまったのもあるが、もう一つ、これ以上隠しておけない事態が起こったのだ。

それは少し前に届いた文に端を発していた。

帝から明日玄武の后宮へ行くという先触れの文がきたのだが、その中にとんでもない言葉が書かれていた。

『鼓濤と董胡の二人に贈り物があるゆえ、御簾《みす》内にて対面を望む由、願い請う』

ついにこの時が来たのかと、董胡は青ざめた。

どうしようかと悩む董胡に、王琳が尋ねた。

「董胡とは？　誰のことでございますか？」

そうだった……と気付いた。

茶民と壇々は知っているが、王琳は董胡の存在を知らない。

鼓濤が平民医師出身だとは聞いていても、その名も知らなければ、もちろんその姿を見たこともない。

これはもう、話すよりも直接見せた方が早いと観念して、今に至る。

「ああ……。なんということでございましょう。皇帝の寵愛《ちようあい》深いお后様が、あろうことかこのような破廉恥なお姿になるとは……」

良家の姫君として育ち、名家に嫁いだ王琳には、あり得ない姿だった。

久しぶりに王琳から怒りの冷気が発している。

糖虚《とうきょ》の病も良くなり、小言はあるものの鼓濤を認めるようになり、侍女頭として后宮になじんできていたというのに。

「後生でございます。どうか男装だけはおやめ下さい。お願いでございます」

鼓濤を皇帝にふさわしい后に育て上げようと意気込む王琳には、さすがに受け止めきれなかったようだ。

「だけど、ほら、陛下は私を鼓濤の専属薬膳《やくぜん》師だと思っているんだよ」

董胡は帝《みかど》の文をもう一度広げて見せた。

「ど、どど、どういうことでございますの？　え？　そのお姿で帝とお会いになったのでございますか？」

王琳はまだ事態が呑《の》み込めず尋ねた。

「うん。むしろこの姿でしか陛下に会ってはいないんだ」

「まさか、そんな……。え？　鼓濤様のお姿では会ってないのですか？」

「うん。化粧をしていてもさすがに同じ人物だと分かるだろうからね。陛下が御簾の中に入られるのはずっと拒否してきたんだ」

「拒否って……では、鼓濤様はもしやまだ……」

「寝所を共にしたことはないよ。無理だよね」

「…………」

ふうっと王琳が気を失いかけた。

「お、王琳様、お気を確かに」

「お気持ちは分かりますが、どうか受け止めて下さいませ」

二人の侍女が倒れそうな王琳を支えて同情する。

「私共も鼓濤様がこのお姿で帝とお会いになっていたと知ったのは最近なのです」

「しかも五年も前に出会っていらしたなんて……」

「な！　五年も前って……？　な、何の話ですか？」

董胡は息も絶え絶えな様子で尋ねる王琳に、これまでのいきさつをすべて話した。

その結果……。

王琳は寝込んでしまった。


「ごめんね、王琳。驚かせてしまって」

董胡は気持ちを落ち着ける薬湯を持って、二の間で寝込んでいる王琳の枕元に座った。

「本当に……帝に男性と偽って会っていたなどと、なんと恐れ知らずなことを……」

「出会った頃は皇帝になられるお方だなんて知らなかったからね。陛下もご自分の身分を告げないまま去っていかれた。そして今も董胡である私には皇宮で働く神官だとおっしゃっているのです」

「その帝が御簾内で会うということは……」

「うん。ご自分の身分を董胡に明かされるつもりなのだと思う」

「どうするのですか……。鼓濤様と同一人物だと正直に話すのですか？　いえ、そうするしかないでしょう？　お二人にお目通りを請うていらっしゃるのですから」

「うん。そうだよね……」

朱璃に、陛下に知らせるのは待ってくれと言ったけれど、朱璃が知らせなくともばれる日は近い。これ以上隠しておくなんて無理だ。そう思うのに。そう思うけど。

「帝の拒食が治るまで……ですか？」

すでに王琳には朱璃に話したのと同じことを説明している。

「もうすべて正直にお話しになって、鼓濤様として治療をなさってはいかがですか？お優しい帝なら、きっと分かってくださいます。悪いようになさらないでしょう」

「やっぱり……それしかないのかな……」

「もはや……姫君として寵愛を受けることは叶《かな》わぬかもしれませんが……」

王琳はそれが残念なようだった。

男性だと思い込んでいた董胡が后《きさき》・鼓濤なのだと聞いて、それらの罪を許したとしても、では后と思って接することが出来るかというと、それは別の話だ。

高貴な男性貴族と接する機会の多かった王琳は、無理だろうと判断したようだ。

彼らは、身内以外に顔を晒《さら》すこともなく、宮の奥深くで貴重な宝物のように育てられた姫君に価値を感じる人々だ。多少寛容な者がいたとしても、平民育ちで男装していた者を妻にと考える貴族男性など皆無だろう。皇帝なら尚更だ、と。

「それは分かっているよ。帝の寵愛を得ようなんて最初から思っていない」

「…………。それで……お后様らしく装うことも避けていらっしゃったのですね」

王琳がどれほど煌《きら》びやかな衣装と髪飾りで支度しようとしても、いつもいらないと鼓濤は拒否していた。女性なら誰でも着飾ることが嬉《うれ》しいはずなのに……と、王琳はよく嘆いていたものだ。

ようやくそれらの謎が解けたようだった。

「帝はおそらく鼓濤様を董胡様としてしか見られないでしょう。ああ、なんということでしょう。私は鼓濤様なら帝に相応《ふさわ》しい姫君になられるだろうと希望に満ちてお世話していくつもりでした。いずれ皇后になられる鼓濤様のお姿を夢見ていましたのに」

心底がっかりしたように王琳は呟いた。

董胡は申し訳ないと思いながら、王琳の言葉で答えが出たような気がしていた。

◆

翌日の夜更けにやってきた黎司は、入り口で后の御座所《おましどころ》を見て、御簾が胸元まで巻き上がっていることに気付き、毒見を含めた従者達を戸口の外に待たせた。

高貴な姫君の御簾内を見てもいい男性は、医師は別にして、身内か伴侶《はんりょ》だけだ。

御簾が上がっているということは、鼓濤の姿をいよいよ目の当たりにするのだと、黎司は胸が高鳴るのを感じていた。

鼓濤は容姿に自信のないことを理由に、姿を見られることをずっと拒絶してきた。

黎司は容姿云々よりも、自分が信頼されていないようで淋《さみ》しかった。

美醜で人を判断すると思われていることの方が心外に感じていた。

しかし、ようやく鼓濤の信頼を得たような気がして嬉しい。

御簾の前に用意された厚畳に腰を下ろし、はやる気持ちを抑えながら顔を上げ御簾《みす》の中を見つめた。

「…………」

そして失望した。

(誰もいない……)

御簾の中に一つだけ置かれた燭台《しょくだい》に照らされているのは、空っぽの厚畳だけだ。

(私にはまだ姿を見せたくないということか……。そこまでの信頼を得てはいないということなのだな……)

一気に沈んだ心で虚《うつ》ろな御簾内を見つめる。しかしその時。

「お待ちしておりました、陛下」

御簾の中から凛《りん》とした声が響いた。

はっとして声の聞こえた辺りに視線を移す。

「そなたは……」

薄明りに目を凝らすと、灯の届かない御簾の隅にひれ伏す人影が見えた。

「薬膳師・董胡でございます。本日はお召し頂き、恐悦至極にございます」

角髪《みずら》頭に紫の袍服《ほうふく》を着て、黒い襷襟《たすきえり》をかけた董胡が頭を下げていた。

「恐れながら本日はお后様が体調を崩され、私一人が拝謁致しますことをお許しくださいませ。お后様も残念に思われ、よくお詫《わ》びするようにと申し付かっております」

「体調を？　鼓濤は大丈夫なのか？」

「はい。私の診立てによりますと、微熱と咳《せき》のある風邪《ふうじゃ》であろうと思います。大病ではないものの、帝の大切な御身に移してはならないと判断致しました」

「ふむ。風邪か。急に寒くなって王宮でも流行《はや》っているようだな」

「はい。お后様の体調を管理できなかった私の失態でございます。申し訳ございません」

「いかに名医であろうとも、風邪を防ぐことは出来まい。そなたが謝ることはない」

「寛大なお言葉に感謝致します」

「…………」

ふと、黎司は黙り込んだ。

董胡はひれ伏したまま、気の遠くなるような静寂の時間を待っていた。

やがて、黎司は決意したように告げる。

「面をあげよ、董胡」

びくりと董胡の肩が震える。

「顔を上げ、我が顔《かんばせ》を見ることを許そう」

「…………」

董胡はしばし躊躇《ためら》いながら、ゆっくりと顔を上げた。

黎司はその様子を、黙って見つめている。

そして真っ直ぐに見つめ合った董胡の瞳《ひとみ》は、すでに涙で溢《あふ》れていた。

「レイシ様……」

「その顔は……ふ……なんだ、私が帝《みかど》だと気付いていたのか、董胡」

驚く様子もなく、いつものように名を呼ぶ董胡に笑顔で肩をすくめる。

「はい……。実は貴人回廊を歩いておられる姿をお見掛けして、もしやそうなのではと思っておりました。確かめることも出来ず知らぬふりをしていたこと、分かっていながらご無礼の数々をお許しください」

「よいのだ。そのように畏《かしこ》まらなくてよい。いつものそなたらしくいてくれ。今までのように接することが出来なくなることを恐れて、言えずにいたのだ」

「レイシ様……。いえ、陛下……」

「二人の時はレイシで良い。今まで通りの董胡でいて欲しいのだ」

「レイシ様……」

これが……董胡が出した答えだった。

やはり董胡が鼓濤であることを白状して、今までのように后として暮らすことなど出来ない。ならば少しでも時間稼ぎをして、黎司の拒食を治すことが最優先だ。

こうして黎司と過ごせる日が残り少ないのであれば、せめて本当の自分で接していたい。たとえ自分が何者であろうとも、これが一番自然な姿なのだ。

董胡として出会った黎司と、董胡として残りの日々を過ごしたい。

この姿でいる時だけは、自分の呪われた血筋を忘れていられる。

何者でもない、斗宿で出会った平民の子として会っていたい。

それが自分の一番の願いなのだ。

王琳はもちろん反対した。王琳は董胡なんて知らない。

茶民と壇々にとっても、鼓濤との繋《つな》がりの方が深い。

けれど、無理なく自分でいられるのは、やはり董胡の姿なのだ。

そして黎司のそばにいたいと望んでいるのは、后の鼓濤ではない。

薬膳《やくぜん》師の董胡なのだ。

必死で訴える董胡を見て、王琳たちは渋々こうして帝に会うことを許してくれた。

「こちらに来るが良い。いつものように側近くで話したい」

黎司は告げて、董胡に手招きした。

董胡は涙を拭《ぬぐ》い、どれほどこの瞬間を夢見たことだろうかと思った。

こんな風に薬膳師・董胡として黎司に接することが出来る日を……。

「レイシ様。本日は私がレイシ様のために薬膳料理をご用意しました。それをお持ちしても良いでしょうか？」

黎司は今更気付いて、満面の笑みで答えた。

「そうか。私がレイシと気付いて料理を作ってくれていたのだな。だから私好みのものをいつも出してくれていたのか」

「途中からではございますが……」

最初の頃はレイシと気付かずに同じ拒食を患う皇帝なのだと思っていた。

「うむ。出してくれ。毒見を呼ぼう」

董胡は控えの間に置いた膳を両手に持って進み、レイシの前に置いた。

そして毒見に一通りの料理を取り分け、大丈夫なことを確認すると、再び部屋は二人きりになった。侍女の控えの間に王琳たちはいるものの、至近距離の二人の会話は襖《ふすま》ごしではっきりと聞こえないだろう。

「まずは、この饅頭《まんじゅう》をお召し上がりください」

董胡はせいろに入った、まだ温かい饅頭を小皿にのせて差し出した。

「饅頭か。五年前を思い出すな」

黎司はさっそく手に取ってかぶりついた。そしてはっと気付く。

「これは……」

董胡は微笑んで肯《うなず》いた。

「はい。唐芋《からいも》に生薬の藿香《かっこう》と乾姜《かんきょう》を加え、雑穀とくず野菜、それに練ったごまと蜜《みつ》を少々入れております」

「五年前に斗宿で食べた、あの饅頭だな？」

黎司は懐かしむように、まだほくほくととろけるような饅頭を味わう。

「うん。美味《うま》い。あの日の感動が蘇《よみがえ》るようだ」

董胡と黎司の原点ともいえる饅頭だった。

「私は王宮に戻ってからも、ずっとこの饅頭を恋しく思っていた。翠明に頼んで腕利きと言われている料理人に何度となく似たような饅頭を作ってもらったが、どれも満足できるものではなかった。あの日美味いと感じたのは、病み上がりゆえの思い違いであったかと絶望したのだが、思い違いなどではなかった。やはりそなたの饅頭は美味い」

あっという間に食べきり、二個目に手を出している。

嬉《うれ》しそうに食べるレイシを側で見ている董胡も、五年前を思い出していた。

薬膳で人を救えるのだと、大切な人を幸せに出来るのだと、大志を抱いたあの日を。

黎司の専属薬膳師になりたいと願ったあの日を。

夢見たものとは少し違う未来になってしまったが、少なくともこうして黎司の側で再び料理を作ることの出来る日々を得られた。

この僅《わず》かな日々を、大切に大切に過ごそう。

「レイシ様。こちらは牡蠣《かき》の雪白椀《ゆきしろわん》です。お召し上がり下さい」

董胡は皿に取り分け、レイシに差し出す。

「ふむ。おろした大根が牡蠣に積もる雪のようであるな」

「牡蠣と白菜を昆布のだし汁で煮立て、おろした大根と春菊を散らしています。牡蠣の殻は牡蠣《ぼれい》という生薬としても使われています。鎮静作用があり、頭痛や眩暈《めまい》を鎮め、不眠にも効果があります。生薬では主に殻だけを用いるのですが、牡蠣の身にも薬膳として多くの効能がございます。肝の機能を高め、血を整え、活力を高めると言われております」

「ほう。殻を生薬に用いるのか。貝殻が薬になるとは不思議なものだな」

「他にも竜骨《りゅうこつ》や真珠、磁石《じせき》なども生薬に使います。これらは植物の生薬よりも安神剤としての効能が高いと言われています」

「ふふ。そなたの蘊蓄《うんちく》を聞くのも久しぶりだな」

黎司はひとしきり感心してから、匙《さじ》ですくって口に運んだ。

「うむ。美味いな。この牡蠣はとろけるような食感だな。こんな美味い牡蠣は初めてだ。おろした大根に旨味《うまみ》が沁《し》み込んで、さっぱりとしながら濃厚な味わいだ」

牡蠣は火加減が難しい。火を入れ過ぎると身が縮むが、入れ足りないと腹を下す。

斗宿にいたころ懇意にしていた魚売りに聞いた話では、漁師は採《と》れたての牡蠣を生で食べることもあるらしい。漁師いわく生牡蠣ほど美味い食べ物はこの世にないという話だ。その極上の生牡蠣を食べてみたいものだが、内陸部では難しい。

そこで腹を壊さない程度に火を入れ、美味《おい》しく調理する方法を魚売りに教わった。

「牡蠣は調理の前に塩で洗い、水気をとり、片栗の粉をまぶしておくと身の縮みを少なくできるのです。片栗の粉が旨味や水分が逃げるのを防ぎ、牡蠣本来のとろりとした食感を残してくれます」

斗宿では滅多に手に入らぬ食材だったが、あの時食べた牡蠣は本当に美味しかった。

しかし大膳寮《だいぜんりょう》で調理されたものはパサついて身が硬くなったものばかりだった。

貴人の腹を下すわけにはいかないので火を入れ過ぎるのだろう。これが同じ牡蠣なのかと疑うほど別物になっていた。

そこで董胡は、茶民と懇意にしている御用聞きに頼んで調理前の牡蠣を手に入れてもらった。本当に美味しい牡蠣を黎司に食べさせてあげたかったから。

「饅頭も牡蠣も食べたい物を言って下されば用意しておきます。いつでも気軽にお立ち寄り下さい。お后様《きさき》にも陛下のために尽くしなさいとおっしゃって頂いています」

拒食を治すためには、毎日でも通ってもらいたいのが本音だ。

「鼓濤が……。優しい方だな……」

黎司は、しばし鼓濤に思いをはせるかのように瞬きし、「そうだった」と思い出したように言った。

「そなたと鼓濤に贈り物があったのだ」

料理に夢中になって忘れていたようだ。

黎司は部屋の外に待たせたままの従者を呼んで、大きな櫃《ひつ》を運び込ませた。

従者達は二人の前に櫃を置くと、一礼して再び部屋の外に出て行った。

「開けてみるがいい」

黎司は董胡に告げる。

董胡は立ち上がって、大きな櫃の蓋《ふた》を開いてみた。

「これは……」

そこには黒地に大小色鮮やかな菊が散らばり、金糸で縁取られた見事な表着《おもてぎ》が入っていた。丁寧な細工と贅沢《ぜいたく》な色使いが、最上級の品であることを物語っている。

「なんて雅《みやび》やかな着物でしょうか。これをお后様に？」

「うむ。直接鼓濤に渡したかったのだが、そなたから渡しておいてくれ。年始の国民参賀の儀で着ると良いかと思って菊にしたのだ。菊は季節にかかわらず皇帝の公式行事に使われる文様ゆえに重宝するだろう。鼓濤が羽織るところを見てみたかった」

少し残念そうに黎司が答えた。

せっかくの贈り物を鼓濤として受け取れないことを申し訳なく思う。

「それから、その着物の裾《すそ》を少しまくってみるが良い。そなたへの贈り物も入っている」

「私にも？　いえ私はどうかお気遣いなく……」

着物や宝飾の類《たぐい》なら断ろうと思っていた。

それとも、もしかして医官の袍服《ほうふく》だろうかと着物の裾をまくってみた。

「？」

しかしそこには紙の束が入っていた。

さすがに男子《おのこ》と思っている董胡に着物や宝飾品を贈るはずがなかった。

「出してみるが良い」

董胡は言われるままに、分厚い紙の束を取り出した。

一辺が綺麗《きれい》な組紐《くみひも》で綴《と》じられている。

「辞書ですか？」

巻子ではなくこのような形に綴じた書物は、麒麟寮の医薬辞書によくある形だ。

辞書の類は巻物になっていると調べにくい。また綴じた紐をほどいて紙を足せば新しい情報をいくらでも付け足していけるため、このような形になっている。

しかし保存には不向きゆえ、原本を書き写して使うのが一般的だった。

厚紙に小花柄の布地で縁取った表紙には『麒麟寮医薬草典』と書かれてある。

「麒麟寮医薬草典……これは……」

董胡は目を見開いたまま、黎司に顔を向ける。

「それは翠明の亡き祖父が書き記した医薬辞書だ」

「翠明様のおじいさまが？」

「翠明の祖父は玄武の麒麟寮で長く寮長を務めていた非常に聡明《そうめい》な方だった。麒麟寮で使う医薬辞書を自分用に書き写し、寮長を辞した後は伍尭國の各地を巡り、知り得た知識をどんどん書き足し、元の倍ほどの辞書になってしまったようだ」

「はい。私が麒麟寮で見たものはもっと薄い辞書でした」

昔は医師免状を得た者は書き写すことを許されていたらしいが、今は禁じられている。特に平民医師が書き写すと厳しい罰を受けるため、頭の中にたたき込むしかない。それに書き写すことを許されたとしても、高価な写し紙を買う金がない者も多い。物忘れの早い平民医師などは卒寮と共にどんどん忘れ、やぶ医者になっていく。

「平民医師がやぶ医者ばかりと言われるのは、この悪制のせいでもある。それは私に仕える神官達が手分けして書き写したものだ。原本は翠明が持っている」

「では……これは……まさか……」

董胡は信じられない思いで黎司を見つめた。

「うむ。そなたへの私からの贈り物だ。裏表紙に『薬膳《やくぜん》師・董胡に進呈する』と私が玉《ぎょく》璽《じ》を押している。誰に咎《とが》められることなく、そなたが所有してよい」

確かに裏表紙に第十七代皇帝と書かれ、朱印が押されている。

「わ、私の辞書なのですか？　私だけの？」

それは平民医師にとっては、決して得られぬ宝物だった。

「ああ。原本よりも大きな紙を用い、下半分を空白にしている。そなたが自由に書き込んでよい。また白紙を幾枚か添えている。好きなだけ書き足して、足りなくなれば言うがよい。私が新しい紙を用意しよう」

董胡は震える手で真新しい良質の紙をぱらぱらとめくる。

麒麟寮で何度も目にした薬草の名と、用いる生薬名、効能、副作用などが詳しく書かれている。さらにその下に翠明の祖父が書き足したらしい情報も、きちんと書き写してある。そして後半は、彼が各地を回って見つけた薬草について詳しく書かれている。

それらは董胡が聞いたこともないような草花も含まれていた。

しばらく睡眠を忘れて読みふけってしまいそうな貴重な情報ばかりだ。

董胡にとって、これほど嬉《うれ》しい贈り物はない。

「私が……もらっても良いのですか?」

「そなたに進呈すると書いているのだから、そなたがもらってくれなくては困る」

黎司は大きな目を潤ませ喜びを全身で表わす董胡に微笑んだ。

「あ、ありがとうございます！　一生の宝物にします！」

董胡は、がばりと黎司にひれ伏した。

どんな贈り物であっても、黎司を騙《だま》している董胡が受け取る資格はないと断るつもりでいたけれど、この宝物を断ることなど出来なかった。

(私には、あなたの母上を殺した仇《かたき》の血が流れているかもしれないのに……)

罪悪感が溢《あふ》れるけれど、それ以上に嬉しかった。

この恩を必ず返さねばという思いばかりが募る。

騙したままでごめんなさいという気持ちと、自分の持つすべてでこの恩を返しますという気持ちが心の中でせめぎ合っていた。

こうして夢のような贈り物を受け取り、再び食事に戻った黎司に、董胡はさっそく告げるべきことがあった。

「レイシ様。以前私が朱雀の妓楼《ぎろう》で追い詰めた若君の話を覚えていらっしゃいますか？」

黎司は箸《はし》を持つ手を止め、肯《うなず》いた。

「うむ。怪しげな金丹を広めようとしていた首謀者であるな？」

「実は、その者に非常によく似た人物を、この王宮で見かけました」

「!! それはまことか？ この王宮に？」

黎司は驚いて箸を置いた。

「はい。遠目で一瞬のことで、残念ながら断定はできませんが、似ているように感じました。ただの空似かもしれずお耳に入れるべきか迷いましたが、万一本当にあの若君であった場合を考え、レイシ様にも一応お話ししておくべきかと思いました」

「うむ。分かった。はっきりするまでは、気付かぬふりをしよう。して、誰なのだ？」

董胡は大きく深呼吸をしてから告げた。

「お后様の兄君。玄武の嫡男であらせられる尊武様ではないかと……」

「な!?」

黎司は、つい先日会ったばかりの人物の名に声を失った。

「まだはっきり確認したわけではございません。ですが皇太后様の許《もと》をお訪ねになることもあるようなので、宮に来られた時にもう一度確認してみようと思います」

「尊武が……」

黎司はまだ信じられないというように呟《つぶや》いた。

「異国を外遊していたと言っていたが……。途中で朱雀に立ち寄った可能性は充分ありえるのか……」

董胡は肯いた。

「真偽がはっきりするまで、レイシ様も警戒して下さいますようお願い致します」

「うむ。直接会ったそなたの言葉なら信じよう。だが、朱雀の若君とは、怪しげな武術を使う聡《さと》い男だという話だったな？　そなたは顔を見られているのだろう。近付くのは危険ではないか？」

「若君と会った時は化粧をして女装しておりましたゆえ、大丈夫ではないかと思います」

さすがの若君も、朱雀の妓楼にいた妓女が后宮《きさきぐう》の薬膳師と同一人物とは気付かないだろう。紫竜胆《むらさきりんどう》に扮《ふん》していた時などは、別人ほどの濃い化粧だった。妓女見習いの時であっても、麒麟寮で何年も共に過ごした偵徳《ていとく》が分からないほどの化粧だ。

楊庵だけはすぐに気付いたけれど……。

「そういえばそなたが女装したのだったな。ずいぶん似合っていたと妓楼では語り草になっているらしい。朱璃も見てみたかったと悔しがっていたが……」

「い、いえ……。それは朱璃さまの大げさなお世辞です。似合ってなどいません」

女装の話になって董胡は慌てて否定した。

女装というか、こちらの姿の方が本当は男装なのだが。

「まあ……そなたが王宮で女装でもしない限り、若君にも気付かれぬか……」

董胡はぎくりとした。

確かに若君には董胡の姿よりも、鼓濤の姿を見られる方がまずい。

妓女ほど濃い化粧はしていないものの、さすがにばれるかもしれない。

兄であっても御簾《みす》を上げて顔を見られることはないと思うが、気を付けなければ。

「されど尊武がもしも本当に朱雀の若君であったのなら……相当油断のならぬ曲者《くせもの》だ」

尊武が、その怪しい金丹を広める男と同一人物ならば、玄武公以上に厄介な相手かもしれないからな——と、黎司は独りごちた。

「どうか無茶をしないでくれ、董胡。私の方でも調べてみる。若君の顔を見た者は何人もいたはずだ。そなたが無理に確かめなくてもよい」

黎司は、董胡が無茶をしないかの方が心配のようだった。

「分かりました。気をつけますのでご安心下さい」

神妙に答えたものの、若君が鼓濤の血の繋《つな》がった兄であるなら尚更、董胡は自分が暴かねばならないと決意を固めていた。

五、過年祓《かねんばらい》の儀

黎司が董胡に皇帝であることを明かしたのは、年の暮れが迫る時期だった。

董胡はいつでも料理を食べに后宮に立ち寄って欲しいと伝えたものの、帝である黎司は年越しの神事に忙しく結局その後、一度も通えぬままに大晦日《おおみそか》になってしまっていた。

王宮では夕方から邪気祓《ばら》いの鐘の音が響き渡り、年明けまで鳴り続けるらしい。

鐘が鳴り止むまでずっと、帝と神官達は皇宮の一階にある大座敷で、過年祓《かねんばらい》の儀を執り行っている。

過年祓とは去る年の万民の罪や穢《けが》れを祓い、来る年を清浄に迎えるための儀式だ。

皇帝は夜を徹して伍尭國中のすべての村々の名を読み上げ、それぞれに祓詞《はらえことば》を奏上していく。

帝の祝詞《のりと》がそれぞれの村の一年の業《ごう》を祓い清めるのだ。

「陛下もお忙しいですね。夜通し祝詞を唱えるとは、かなりの重労働ですよ」

朱璃は朱雀の后宮で庭を眺めながら呟いた。

庭に点々と立てられた松明《たいまつ》の灯が池に映り、朱色の太鼓橋が幻想的な雰囲気だ。

その松明の熱気のせいなのか、火鉢を並べているせいなのか、冬の夜だというのに寒さはあまり感じない。

朱璃は燗酒《かんしゅ》の入った猪口《ちょこ》を持ち上げ、くいっと飲み干す。

「朱璃様。お酒はそのぐらいにして下さい。また二日酔いになりますよ」

「大晦日ぐらい良いでしょう。あなたに言われてずっと禁酒していたのですから」

少し口を尖《とが》らせて恨みがましく言う。

「その愚痴を言うために、私をここに呼んだのですか？」

朱璃の横に座っているのは、なぜか董胡だった。

「嫌ですね。そんな訳ないでしょう？　今度ゆっくりお話をしましょうと言ったではないですか。どうせなら年の瀬をあなたと二人で過ごしたいと思ったのですよ」

突然朱璃に呼び出されて、薬膳《やくぜん》師の董胡がここにいる。

「鼓濤様のお姿でも良かったのですが、まあ、薬膳師姿の方が動きやすいでしょうからね」

「当たり前です。皇帝の后が、年の瀬に自分の宮を留守にしてうろうろ出歩けるはずがないでしょう。はしたないと噂になりますよ」

「はは。確かに」

弱みを握られているとはいえ、朱璃の気まぐれも困ったものだ。

「ですがなるほどうまく化けるものですね。その姿だと男子《おのこ》にしか見えない。まあ男子と言っても舞童子《まいどうじ》にならないかと口説きたくなるほどのとびきりの美童ですが」

朱璃は角髪《みずら》頭の董胡をまじまじと見つめて、からかうように言う。

「そういえば朱雀の妓楼にいた鴇婆《ときのばば》様にも、その舞童子にならないかとしつこく誘われました」

確か舞童子とは、朱雀の美少年を集めた舞団だと言っていた。

「ははは。婆様は美しい子を見ると誰彼なく口説こうとするからね」

今となってはずいぶん昔のことのように感じる。

「そういえば先日、陛下が鼓濤様に贈り物をされたそうですね。禰古が陛下付きの侍女に聞いてきた。おかげで年越しの后の序列が玄武に負けたとずいぶん悔しがっていましたよ」

年越しの行事が多い中で、一番と二番の優遇の差は大きい。

しばらく一番手を朱雀に譲っていたが、先日のお渡りで再び筆頭に返り咲いたらしい。

玄武の后宮では王琳が喜んでいた。

「実はその日、陛下が鼓濤と董胡の二人に褒美を渡すからと、御簾を上げてのお目通りを請われたのです」

「えっ！　そうなのですか？　まずいじゃないですか。それでどうしたの？」

朱璃は驚いたように問い返した。

「鼓濤は風邪で臥《ふ》せっていることにしました」

朱璃は、ほっとしたように肯《うなず》いた。

「ああ……。そうするしかないですね。同一人物なのですから」

「はい。ただ陛下は、ご自分が皇帝であることを董胡に明かされました」

「ふ……む。なるほど。そこは少し糸がほぐれたのですね」

複雑にからんでしまった糸の、ほんの一部が解きほぐされただけだが。

「陛下は鼓濤に会えなくて残念そうでした。しばらくは体調が悪いということで誤魔化そうと思いますが、いつまで通用するのか……。陛下の拒食を治そうにも、行事が続くと后宮に通ってくる暇もなく、治療も全然進んでいません」

毎日のように料理を食べてもらわないと拒食の回復は難しい。

董胡の正体がばれる前に拒食を治したいと思っているのに。

「そう焦らずともいいではないですか。ゆっくり治療すればいい」

朱璃は呑気《のんき》に言う。

「のんびりしていて、私の正体がばれてしまったらどうするのですか」

「ばれないようにすればいい。そうですね。例えば鼓濤様は子供の頃に疱瘡《ほうそう》になったことにすれば良いのでは？　痘痕《あばた》が残ってしまって顔を隠す姫君の話はよく聞きます」

「それで陛下は納得して下さるでしょうか」

「陛下はきっと鼓濤様の美醜を確認したくて顔を見たいと言っているのではありません。

信頼を一層深めるために鼓濤様の人となりを見ておきたいのでしょう。私から陛下に一言意見しておきましょう。鼓濤様は目立つ痘痕がおありで気にしていらっしゃると。女心をご理解頂いて、無理強いするのはやめてあげて下さいませとね」

朱璃は気楽に応じる。

朱璃と話していると、重い悩みも大したことがないような気がしてくる。

「さあさあ、湿っぽい顔をしていないで、董胡も一杯どうですか？　これは以前陛下が置いていかれた最高級のお酒です。甘くて美味《おい》しいですよ」

「呑《の》みませんよ。酔っぱらって后宮《きさきぐう》に帰ったりしたら王琳に叱られます。董胡としてここに来ることだって、静かに怒っていましたから。これ以上機嫌を損ねたくないです」

王琳には、すぐに戻ってきて下さいと冷気を放ちながら念を押されている。

「私は朱璃様にこれを届けにきただけですから」

董胡は横に置いていた風呂敷《ふろしき》包みを差し出した。

「ん？　なに？」

朱璃は猪口を置いて覗《のぞ》き見た。

「年夜飯《ねんやめし》のお裾《すそ》分《わ》けです」

年夜飯とは伍尭國で大晦日に食べる料理のことだ。

平民暮らしの時も、大晦日だけは魚の姿煮を中心に、いつもよりご馳走《ちそう》を作った。

大膳寮からも普段より豪華な膳《ぜん》が后宮に届いていたが、いつものように斗宿でよく食べた年夜飯に作り替えていた。

「開けてみて下さい」

朱璃は言われるままに二段の重箱を開いて目を丸くした。

「これ？　これが玄武の年夜飯なのですか？」

「玄武というか……平民時代の我が家の年夜飯です」

重箱には大小様々な春餅《しゅんぴん》がぎっしり詰まっていた。

「上の段がおかず春餅で、下の段が甘味春餅です」

粉を練って薄く延ばしたものを裏表焼いて膨らませ二枚にはがす。その皮に様々な食材を入れて巻けばいい。

年越しの挨拶《あいさつ》で人が集まってきて大宴会になってしまっても、たくさん作り置いておけばすぐに対応できる。余ってしまっても日持ちするし、揚げ焼きにしたり、あんかけ汁で煮込んだりしても違う料理が楽しめる。年越しのお助け料理だった。

「地域によって年夜飯の内容は違うようですね。朱雀の妓楼《ぎろう》では蟹《かに》の姿焼きが出ますよ。朱雀は一部海に面していますから、魚介類が豊富なのです。膳も王宮で出る料理よりも豪華で美味しい。大膳寮の料理は、材料はいいけどあまり美味しくないですね」

そういえば朱璃の弟の旺朱《おうしゅ》も美食家だった。

朱雀の妓楼には腕のいい料理人がたくさんいるらしい。

「蟹の姿焼きですか。蟹は料理したことがありません。王宮に来て、大膳寮から届いた膳で、ゆで蟹《がに》のほぐし身を初めて食べました」

平民には到底手に入らぬ食材だった。

朱璃は半分平民の血が入っているといっても、さすがに董胡ほど生粋の平民育ちではないのだった。

くず野菜を詰めた春餅などを持ってきて失礼だったかと恥ずかしくなる。しかし。

「わ！　なにこれ？　美味しい！　春餅ってこんなのだっけ？」

朱璃が一つつまんで食べて、感嘆の声を上げた。

「少し苦味があってさっぱりしているね。こっちのは辛いけど美味しい」

董胡は、ぱあっと顔を輝かせた。

「そうなのです。朱璃様は確か苦い味がお好きだったと思って、苦い野菜を入れました。辛い方は私の侍女が愛用している豆板辣醤《とうばんらーじゃん》で鶏肉を味付けたものです」

どちらも苦味が好きだった卜殿が好んで食べていた春餅だ。

「こっちの甘味の方はどうかな。私はあまり甘い物は食べないのだけど」

そう言って一つ食べると、目を丸くする。

「え？　甘じょっぱくてほくほくする？　なにこれ？　美味しいんだけど」

「それは唐芋を甘辛く味付けした春餅です」

こちらも卜殿の大好物だった。

「そういえば、陛下は鼓濤様のところで料理を食べるだけだと言っていました。そうか。

この絶品料理をいつも食べていたのですね」

朱璃は納得したように肯《うなず》いた。

「なるほど。こんな料理を出されたら通い詰めてしまいますね。拒食であることも忘れて箸《はし》が止まらぬことでしょう」

「だと嬉《うれ》しいですが……」

料理を褒められるとやっぱり一番嬉しい。

「あなたはこんな料理を食べさせておいて、陛下の前から消えようと思っているのですか？　それは酷ですよ。この料理が恋しくてあなたを捜し続けることになるでしょう」

「まさか、そんな……」

「冗談で言っているのではありません。やはりあなたは陛下のそばにいるべき人です。后がどうしても嫌だというなら、他にも方法はあるはずです。一緒にその道を考えていきましょう。ね、董胡」

朱璃はやっぱり至極簡単なことのように言う。

朱璃と話していると、本当にそんな方法が見つかるような気がしてくる。

「分かりました。考えてみます」

気付けばつい、そんな風に答えていた。

そして料理を褒められたことに気を良くしてすっかり長居をしてしまい、年越しぎりぎりに玄武の后宮に戻った。

いらないと言うのに、まだ生きている蟹を籠《かご》に入れ、風呂敷《ふろしき》に包んで持たされた。

そうして后宮に戻った董胡が王琳にさんざん小言を言われている間に、何の土産かとこっそり包みを開いてみた茶民と壇々の悲鳴で、騒がしい年始を迎えたのだった。

六、国民参賀の儀

明けて、新年最初の神事が行われていた。

四方拝礼《しほうはいれい》。

夜明けと共に水殿《すいでん》で身を清めた皇帝は、黄金泉《おうごんせん》のある御内庭《ごないてい》で、新たな一年が安寧であるように四方に祈りを捧《ささ》げる。

そして北の玄武の地に奉納された黒水晶から右回りに、青龍の蒼玉《そうぎょく》、朱雀の紅玉《こうぎょく》、白虎の玻璃《はり》へと、四方に配した輝石を繋《つな》いで結界を張るように、定められた手順で神器の剣を振りかざす。

それらを済ませると、最後に皇宮三階にある祈禱《きとう》殿に上がり祝詞《のりと》を奏上する。

この祝詞によって天術《てんじゅつ》が発動し、皇宮の最上階に奉納された麒麟の黄玉《おうぎょく》にすべてが繋がり伍尭國の結界は完成される。これこそが一年で最も重要な皇帝の仕事だった。

年始めの結界がうまく張られなければ、その年は災害が多かったり、病が広がったりすると言われている。

もっとも、本当に結界が張れていた皇帝がどれぐらいいたかは分からない。少なくとも十代皇帝以降は形だけの儀式になっていたと思われる。

黎司にしても、本当に結界が張れているのか分からなかった。

ただ伍尭國の地図を頭に浮かべ、輝石を繋ぐさまを脳裏に描いてみた。そうして祈禱殿に籠《こも》り黄玉へと意識を繫いでみるが、結界が張れたという実感はない。

形ないものを司《つかさど》る難しさを今更感じていた。

医術や武術や芸術や商術のように目に見えて成果のあるものなら分かりやすいのに。

祝詞の奏上を終え、変化を感じぬままにほうっとため息をついた。

「初代創司帝は結界を張れたという実感を持たれたのだろうか」

創司帝の残した書には、当たり前のように四方拝礼により結界を張ると書かれている。

祝詞の言葉や剣を動かす手順などは丁寧な手ほどきの書があるというのに、天術の域になると途端に不親切になる。

「皇帝なら出来て当たり前ということなのか」

だが、少なくとも病弱だった父にそんな力があったとは思えない。

これで儀式を終えていいものかと悩んでいると、突然目の前の銅鏡が光を帯び始めた。

黎司は、はっと背後を見た。

「魔毘《まび》……」

部屋の隅にいつものように黒い人影が浮かび上がってきた。

長い赤髪で右目が隠れた、不思議な文様のついた黒衣の男。

「名を呼んでもいないのに何故《なにゆえ》……」
いつもは、その名を呼んで初めて姿を現す。
だが今日は儀式だけで、呼ぶつもりもなかった。
片膝《かたひざ》を立てて拝座《はいざ》の姿勢のまま、ゆっくりと顔を上げ右手を伸ばす。
その指先が黎司の前の銅鏡を真っ直ぐ指している。
「何か……先読みがあるのか……」
黎司は慌てて視線を戻して銅鏡を見つめた。
いつもは銅鏡に映る景色が目まぐるしく変わっていく。
残像しか残らないような高速の流れの中に、時折静止して見える景色がある。
まるで伍尭國の病巣を見つけるように、憂いが浮かび上がるのだ。
しかし今日は違った。
ぼんやりとした光が次第に焦点を結ぶように、一点をはっきりと映し出す。
濃い紫が見えてきた。
やがて輪郭を作り、人の形を作っていく。
「袍服《ほうふく》の男か。紫は……宮内局の者か」
その紫の濃さから考えて、相当身分の高い者だ。
頭の上で髪を一つにまとめ、上質の布で包み、織紐《おりひも》で結んでいる。
そしてはっきりと顔が見えた。それは……。

「尊武か……」

切れ長で吊《つ》り気味の目を細め、こちらに微笑みかけている。

「なぜ尊武が？」

しかもこれほどはっきりと。

こんな見え方をした先読みは今までなかった。

「やはり董胡が言っていた若君は尊武だったのか」

今年、何か災いをもたらすのだという知らせなのか。

人物だけが映っていて、背景がない。

大風や大火事など、背景が見えれば何を示しているのか分かるのだが。

ただ勝ち誇ったように尊武が笑っているだけだ。

しかしその時、尊武の長い袖《そで》が何かを隠していることに気付いた。

何かを腕の中に抱えている。黒髪が見えた。

「人か？　誰を抱えているのだ？　見せてくれ、魔毘」

黎司の言葉に応じるように、尊武の腕が中のものを見せるように下がった。

そこにいたのは……。

「董胡!!」

黎司は思わず立ち上がって叫んだ。

そこには尊武に抱えられるようにして腕の中におさまる董胡がいた。

「なぜ董胡が尊武といるのだ！　董胡！」

董胡は悲しそうにこちらを見ている。

「董胡！　逃げるんだ！　無茶をするなと言っただろう！」

必死に叫ぶ黎司に答えることなく、董胡の口元が微《かす》かに動いた。

その口元をじっと見つめる。

――ご　め　ん　な　さ　い――

悲しげに呟《つぶや》くと、再び尊武の袖に隠された。

「董胡！　待て！　どこにいくのだ！　待ってくれ！」

黎司の叫びも虚《むな》しく、董胡は尊武に連れ去られるように遠のいていく。

「待ってくれ、董胡！　なぜ？　なぜ謝る？　なぜ尊武と……」


はっと黎司は目を覚ました。

いつの間にか、祈禱殿に突っ伏して眠っていたらしい。

「夢？　今のは夢だったのか？」

目の前の銅鏡はすっかり静まって何も映してはいない。

背後に振り返っても、魔毘の姿はなかった。

連日の年越し行事に疲れて、眠ってしまっていたのか。

「しかし……どこからが夢なのだ……」

魔毘が現れる前か、それとも銅鏡が映すものを見てから眠っていたのか。

祈禱殿では夢と現《うつつ》の境目が曖昧《あいまい》になる。

先読みの時も、現から離れた蒙昧《もうまい》とした世界に自分がいるような気がしている。

「今のが初夢なのか……。なんと不吉な……」

先日の董胡の話で尊武のことを気にしていたから見た夢なのか。

それとも新たな年に尊武の存在が何か大きな意味を持つのか。

それは伍尭國にとってなのか、それとも黎司にとってなのか。

「ただの無意味な夢であってくれ……」

不吉な予感を振り払い、黎司は四方拝礼を終え、祈禱殿をあとにした。

◆

元日の多くの神事を終え、翌二日は殿上広場で国民参賀の儀がある。

即位・立后の式典のように朱雀街に面した広場で、長い階段の上に皇帝と四后が輿《こし》を置き、麒麟の神官たちが輿を守るように立っている。

その下の階段には二院八局の重臣達が立ち並ぶ。重臣の下には貴族の面々、さらにその下には王宮で官位を持つ平民役人達が並んでいる。

八局にはそれぞれ決まった色があり、例えば宮内局は紫、兵部《ひょうぶ》局は青、治部《じぶ》局は桃色の袍服を着ている。

ひな壇のように並ぶ貴族と役人達が八色の色を奏で、華やかな新年行事だ。

伍尭國中の民達は、年に一度の風物詩を見るために各地から集まってきて、皇帝に新年の祝辞を叫んでいる。

「陛下、おめでとうございます！」

「伍尭國をお守り下さりありがとうございます！」

黎司は輿の御簾《みす》を巻き上げ、民達に手を振って応じていた。

四后達は立后の式典の時のように御簾を上げても良いが、今年は四人とも下げたままで、広げた扇や衣装の裾《すそ》だけでも見たかった民達はがっかりしていた。

「いつもは一人ぐらい御簾を上げて下さるお后様《きさき》がいらっしゃるのに」

「今回の陛下のお后様は冷たい方ばかりなのかね」

「まだ皇后様が決まる気配もないという話だ」

「気に入った姫君がおられないのかな」

「はん。四人も美しい姫君を娶《めと》っていながら、贅沢《ぜいたく》な話だ」

民達は勝手な噂話に興じている。

大半の民は、貴族達の様々な政治的思惑も知らず、下世話な話題にしか興味がない。

下町の賭場《とば》では、今回は四后の誰が皇后になるかの賭《か》けで盛り上がっていた。

毎回、美女揃いと言われている朱雀に賭け札が一番集まる。

大穴は、このところ長く皇后が出ていない青龍の后だった。

「后は誰も御簾を上げていないようですよ。私だけでも上げてみましょうか」

楽しそうに輿の中で言うのは朱雀の后、朱璃だ。

「ならば私は下がらせて頂きます」

そう答えるのは、またしても董胡だった。

弱みを握っているのをいいことに、またしても呼びつけられた。

「もう、嫌ですね。冗談ですよ。上げないからここにいて下さいよ」

「鼓濤は風邪をこじらせて欠席していることになっているというのに、専属医官の私が目立って怪しまれたらどうするんですか」

鼓濤の輿は置かれているものの、中は空っぽだった。民達に欠席は知らせていない。まるで后がいるかのように輿の後ろに侍女三人が控えているが、肝心の鼓濤の姿はない。

黎司が鼓濤の輿に訪ねてきたらと思うと、出席する勇気がなかった。

「鼓濤様は欠席として、あなたも国民参賀の儀は見てみたかったでしょう？」

「そりゃあ……そうですけど」

斗宿の麒麟寮でも、少し裕福な者が参賀の儀に出かけて行ったりする。それは素晴らしい光景だったと自慢げに話しているのを聞いて、羨《うらや》ましく思ったものだ。

いつかは行ってみたいと思っていた。

でもまさか、こちら側から見ることになるとは思ってもいなかったが。

しかも今こうして朱雀の后の輿に入っているなんて、訳が分からない。

自分でも、なんでこんなことになっているのだろうと首を傾げたくなる。

「そうそう。先日持ってきてくれた春餅、侍女達にも評判でしたよ。侍女達は甘味春餅の方が気に入ったみたいで、また食べたいとせがまれました」

「え？　本当に？　じゃあ、また作って持っていきます」

とりあえず料理を褒められると、どういう状況であっても嬉《うれ》しい。

「今度は蒸し饅頭《まんじゅう》が食べたいなあ。絶品だという噂を聞きました」

「はい。饅頭は一番の得意料理です。任せて下さい！」

さっきまでの不平不満も忘れ、すっかり上機嫌になった。

どうやら朱璃は董胡の扱いを心得てしまったらしい。

そうして朱璃の手の平で転がされている董胡の背に、輿の外から声がかかった。

「朱璃様、少しお話ししたいという方がおいでなのですが……」

禰古の声だった。

「話？　こんなところで？」

朱璃と董胡は目を見合わせた。

今は一応、式典の真っ最中だ。

御簾を閉じているとはいえ、民の参賀を厳かに受け止めていなければならない時間だ。

「ですが、その……。今しかお声をかける時がないと……」

朱璃は董胡に首を傾げてみせた。

「誰？　相手によっては聞いてもいいけど」

相変わらずの気安さで朱璃が返事をした。

「その……青龍の侍女頭の方です」

「!?」

董胡と朱璃は再び目を見合わせた。

「青龍の？　なぜ青龍の侍女頭の方が？」

まずい。青龍の侍女頭といえば、大朝会で何度か会っている。

侍女姿とはいえ、董胡の顔を覚えているかもしれない。

しかし董胡が止めるよりも早く、朱璃が答えた。

「面白そうですね。いいよ。話を聞きましょう。どうぞ御簾の中へ」

「ち、ちょっと朱璃様……」

残念ながら薬膳師《やくぜん》の董胡は顔を隠す扇を持っていない。慌てて背を向けて顔を俯《うつむ》けた。

「急なお訪ね、申し訳ございません」

遠慮がちに言って、禰古が少し上げた御簾の内に侍女頭が入ってきた。そして后だけでなく、もう一人不審な男子《おのこ》、董胡がいることにぎょっとしたようだ。

もしかしてこんな公の式典の場で、逢引《あいび》きをしていたとでも思ったのかもしれない。

しかし、朱璃はそんなことぐらいで動じない。

「私に話とは何でしょう？　えっと、青龍の侍女頭の……」

「あ、はい。鱗々と申します。お取込み中のところ失礼します。あ、いえ、そういう意味ではなく……」

鱗々はちらりと董胡を見た。そういう意味だったに違いない。

「ふふ。この子は医官です。口の堅い子だから心配ないですよ」

「医官？」

鱗々は思った以上に驚いた顔で董胡をじろじろ見た。

董胡は仕方なくぺこりと頭を下げる。

もしかして侍女頭・董麗だとばれてしまったかと青ざめる。

しかし鱗々は思いもかけないことを言い出した。

「実は……、いましがた玄武のお后様のところへお訪ねしたのです」

「え？」

なぜ、青龍の侍女頭が鼓濤のところへ？

「ですが、風邪のため御簾にいらっしゃらないと断られました。本当にいらっしゃらないのか、私の訪問を面倒に思われて居留守を使われたのか分かりませんが」

后がいないというのは嘘だと思われてしまったようだ。

「玄武のお后様はとても親切な方です。面倒だと居留守を使うような人ではありませんよ。本当に風邪を召して欠席しておられます。なので、こうしてお后様の専属医官にこっそり来て頂いて、病状はどうかと尋ねていたところなのです」

朱璃は鼓濤を庇《かば》うように答えた。

「玄武のお后様の専属医官？　この方が⁉」

鱗々は驚いた顔で、もう一度董胡をまじまじと見た。

「ず、ずいぶんお若い方なのですね。お后様の専属医官になられる方は、もっと年配の経験豊富な医師かと思っていました」

なぜか少しがっかりしたような含みを感じる。

「若いですが、お后様の専属医官に指名されるぐらいですから、腕は確かですよ」

「この方が？　本当に？」

大柄な鱗々から見ると、子供にしか見えないほど小柄な董胡を見やる。

姫君の化粧もしていないので、余計に幼く見えるらしい。

どうやら侍女頭・董麗だとは気付いていないようだ。

「それで、私に話とは？」

朱璃が尋ねた。

「あ……いえ……その……やっぱりいいです」

鱗々はがっくりと肩を落として答えた。

「なんですか？　ここまで来て黙って帰られては気になるでしょう？　どういう用件だったのか話していって下さいよ」

朱璃は物事を曖昧《あいまい》にするのが嫌いな質《たち》だ。

后《きさき》に強く言われて、鱗々は仕方なく口を開いた。

「実は……玄武のお后様に医官をお借りできないか頼んでみようと思っていまして」

「医官を？」

玄武の后が貸し出す医官とは、董胡以外にいない。

「なぜ、お后様の医官を？　誰か病気なのですか？」

朱璃が問いかける。

「実は……その……出来ればここだけの話にして頂きたいのですが……」

鱗々は言いにくそうに切り出した。

「我が姫君のお体の具合が良くなくて……」

「我が姫君とは……青龍のお后様のことですか？」

「……はい……」

鱗々は観念したように肯《うなず》いた。

「こんなことを他のお后様に知られるべきではないと分かっているのですが……」

青龍、白虎、玄武、朱雀――四人の一の后達は皇帝の寵愛《ちょうあい》を争う恋敵のようなものだ。

病と知られれば不利になることは否めない。

「ですが……このままでは……姫様が壊れてしまうのではと……」

「壊れる？」

病気にしては妙な言い方だ。

「はい。一番良い医師をご存じなのは医術を司《つかさど》る玄武のお后様ではないかと思い、一縷《いちる》の望みをかけてお訪ねしたのです」

余程追い詰められて、藁《わら》にもすがる思いで頼みにきたのだろう。

「されどいらっしゃらないと言われ、朱雀のお后様が取り次いで下さらないだろうかと、こうしてお訪ねしました」

「私が？　なぜ私が？」

朱璃が首を傾げる。

「その……禰古様が以前、玄武のお后様は朱雀の宮にお越しになったことがあって、お互いを認め合った仲なのだと自慢されていたので……」

そういえば禰古は朱璃への愛が強すぎて、大朝会でいつも誰彼なく捕まえて、后のいろんな自慢をしていた。その中に玄武の后の話もあったのだろう。

「ああ、禰古ね……。困ったおしゃべりです」

朱璃は肩をすくめて、ちょっとおかしそうに笑った。

朱璃はそういう禰古が可愛くて仕方ないのだろう。

「ですが……青龍にも医師がいるのではないのですか？」

董胡は尋ねた。

「はい。青龍で一番偉い名医の先生が后宮の主治医をなさっています」

「ならば、その先生に診てもらえばいいのでは？」

「そうなのですが……。言われた通りに薬湯を飲ませても一向に治る気配が見えず……」

鱗々は躊躇《ためら》いながら、思い切ったように尋ねた。

「立派な名医でも処方を間違うことはないでしょうか？」

董胡は問われて、なんと答えていいか戸惑う。

正直言って、処方を間違う医師など山ほどいる。

名医などと言われていても、役職ばかりが高くなって患者を診なくなった医師もいる。

そんな医師は、肩書きばかりが先走りして簡単な処方すらも忘れていたりする。

「それはもちろん……医師も神ではないので間違うこともありますが」

董胡は無難に答えた。

「このまま信じて姫様に薬湯を飲ませていいものなのか……不安なのです」

「それで玄武の医師に診て欲しいと？」

「はい。そう思って、無理を承知でお願いしてみようと思ったのです。こうしてお后様に直接お願いできる機会は今日しかないと思い、訪ねて参りました」

「それで今、青龍のお后様は？」

朱璃が尋ねた。

「このような大きな式典に出られるような状態ではございません。玄武のお后様と同じように輿《こし》だけを置いて、姫君は后宮で休んでおられます」

なんと、四つの輿のうち、二つは空っぽだったのだ。

いや、白虎の后も御簾《みす》の中にちゃんといるのか分からない。

下手をしたら朱璃しか式典に参加していないのかもしれなかった。

誰も御簾を上げて、民の挨拶《あいさつ》に応《こた》えないわけだ。

董胡は黎司が気の毒になった。

自分のような怪しい后だけでなく、他の后達もいろいろ問題を抱えている。

皇帝を支えるべき一の后が、みんな自分の問題で手いっぱいなのだ。

(朱璃様も皇后になるつもりはないと言っていたし、せめて青龍の姫君だけでも病を治してレイシ様を支えられる方になって頂きたいけど……)

だが、気が進まない。

「玄武の医師が診たりしたら、その高名な先生がお気を悪くされるのでは?」

わざわざ出向いて揉《も》めたくない。

それでなくとも目立ちたくないのに。

「それが、雲埆先生は明日から年始の休暇をとって、しばらくご自分のお屋敷に戻られるのです。その間は弟子の医師だけなので……」

雲埆というのが高名な医師の名前らしい。

「え？　先生に内緒で診るのですか？」

これはやっぱり関わらない方がいい。

「大丈夫です。侍女達は口が堅いですし、弟子の医師ももっと良い処方があるのではないかと疑っておられます」

「その弟子の医師は玄武の医師が診ることを納得しているのですか？」

「はい。いえ……まだ話してはいませんが、彼は姫様の病が治るならなんでもすると、忠義に溢《あふ》れた方ですので、きっと分かってくれます」

「つまりまだ納得していないのですね？」

なんだか嫌な予感しかしない。

やっぱり断った方がいいだろう。しかし。

「分かりました。診て差し上げましょう」

「？」

答えたのはもちろん董胡ではない。

朱璃はにっこりと董胡を手で指し示して言った。

「この董胡が」

「え！　ちょっ……、なに勝手に……!!」

「いいじゃないですか。こんなに困ってらっしゃって、おそらく龍氏様に知られたら、厳罰を受けるだろう覚悟で頼みに来られたのです。そうでしょう？」

朱璃に問われて、鱗々は苦しげに肯《うなず》いた。

「そこまでして姫君を助けようとする方を見捨てるのですか？」

「そ、それは……」

そんな風に言われると、医師としての正義感が疼《うず》く。

「診て差し上げて、処方に問題がなければ安心できるのです。それとも主君の恋敵のお后様は診ないなんて、心の狭い考えなのですか？」

「そ、そんなつもりは……」

あるはずもない。

黎司の大切な后の一人なのだ。

出来ることなら助けてあげたい。

ただ、これ以上余計なことに首を突っ込んで、董胡の正体がばれるのが怖いだけだ。

「陛下のためです」

「…………」

その言葉に弱い。

そんな風に言われてしまうと、断れるはずもない。

「私が診たところで、何も分からないかもしれませんよ。それでいいなら……」

こうして、翌日の昼過ぎに董胡が青龍の后宮を訪ねることになった。

七、翠蓮姫の病

年明け三日、董胡は医官姿で青龍の后宮《きさきぐう》を訪ねた。

前日のうちに鱗々から青龍の后宮に入ることのできる木札をもらっていたので、衛兵に止められることもなくすんなりと通される。

回廊の青い欄干が続く青龍の宮は、朱雀の華々しい美しさとはまた違って、隙のない簡略な美で満たされていた。

歩く動線のすべてに無駄がなく、どこを歩いていても目が行き届くように衛兵が配置されている。庭には梅の木のような低木が並んでいた。枯れ木に蕾《つぼみ》のようなものがたくさんついていて、もうすぐ花が咲くのだろう。花が咲けば華やかになるに違いない。

「こちらで鱗々様がお待ちです」

そうして最奥まで通された先に、青銅の大きな扉が現れて驚いた。

后宮だというのに、ずいぶん物々しい造りになっている。

その重厚な扉を衛兵が開き、ようやく姫君の寝所に辿《たど》り着いた。

貴人回廊の行き先とは少しずれているため、帝《みかど》がお渡りになる御座所《おましどころ》とは別に、この姫君の寝所が設けられているらしい。

（まるで隔離部屋のようだな）

分厚い帳《とばり》で覆われた寝台の前には、鱗々が立っていた。

そしてその横に医師らしき若い青年が立っている。

青龍の若者は、流行なのか短髪の人が多い。途中で見かけた衛兵も、若者はみんな短髪で、少し年配で位の高そうな武官だけが、玄武でも多い頭の上でだんごにまとめ、布で包んで織紐《おりひも》で結ぶ髪形だった。

この青年も衛兵よりは少し長めだが、耳にかかるぐらいの短髪だった。

医師なので武官ではないはずなのだが、やけに大柄で目つきが鋭い。

この体格と隙のない目つきが、青龍での普通なのかもしれない。

鱗々も飛び抜けて大柄な女性なので、二人の前に進み出ると董胡の小柄さが際立った。

大人と子供ほどの身長差だ。

医師の青年は眉間《みけん》にしわを寄せ、頭二つ分ほど上から董胡を睨《にら》み下ろした。

「鱗々様、どういうことですか？　この子供が医師だと？」

ぎろりと鱗々を睨みつけて、呆《あき》れたように尋ねる。

まだ角髪《みずら》頭の董胡は、子供にしか見えないようだ。

「え、ええ。お若いのですが、玄武のお后様の専属医官だそうです」

「専属医官？　そんな訳がないでしょう。鱗々様は朱雀のお后様にからかわれたのですよ。玄武のお后様は最初からまともな医師を派遣するつもりなどなかったのです」

青年医師は腹立たしげに告げた。

やはりこんなことになったか、と董胡はため息をついた。

こんなことは麒麟寮の診療所にいた頃もよくあった。

診療所にきた患者はみんな、実年齢以上に幼く見える董胡に不安な表情を浮かべた。

しかし一度診察すると、董胡に診て欲しいと指名してきたりするようになるのだが、
とにかく医師としての第一印象は悪いらしい。

「まったく。雲埆先生に内緒にしてまで連れて来るというから、どれほど名の知れた名医なのかと思ったら……。馬鹿にされたのですよ、鱗々様は」

それにしてもひどい言われようだ。

「ですが悪い方達のようには見えなくて……」

「悪い人じゃないからと、こんな子供に姫君を診させるおつもりですか？　何を考えているのですか。勝手に朱雀や玄武の者に姫君の病まで知られてしまって。ご自分が何をしでかしたか分かっていますか？」

「そ、それは……。でも……このままでは姫様はどうなってしまうのかと思って……」

「あなたが姫君思いなのは分かっていますが、やっていいことと悪いことがある」

鱗々は責め立てられて、大きな背を丸め、しゅんと項垂《うなだ》れている。

「君も、せっかく来てもらって悪いけど、帰ってくれるか？」

医師は子供をなだめるように董胡に告げた。

「康生《こうせい》殿、お待ちください。せっかくここまで来て頂いたのですから、せめて少しだけでも姫様を診て頂いて……」

康生というのが医師の名前らしい。

「鱗々様、お気は確かですか？　こんな子供に何が分かる！」

「でも康生殿……」

董胡を前に二人が揉《も》めている。これはもう引き返した方がいい。

董胡だって診察したくて来たわけではない。

頼まれて仕方なく来ただけだ。ここまで拒絶されているのに無理に診る必要はない。

そう思って董胡が口を開きかけたところで……。

「やめて……大きな声を……出さないで……。怖くなる……から……。お願い……」

帳の中から、か細い声が聞こえた。

康生と鱗々が、はっと青ざめた。

「翠蓮様。申し訳ございません。すぐにこの部外者を退出させますので」

姫君の名は翠蓮というらしい。

「姫様。我らは姫様に声を荒らげていたのではないのです。どうか落ち着いて下さいませ」

二人は帳に向かって、なるべく和らげた声で弁解している。

「ええ……。分かっているの。分かっているけれど……ああ……またくる……。ごほっ……助けて……息が……ごほごほっ……」

「姫様!!」

鱗々が帳を上げて寝台の中に飛び込んだ。

ちらりと見えたその姿は、青龍人にしてはずいぶん線の細い女性のようだ。

鱗々が大柄でがっしりした体形のせいか、首の細さがやけに目立つ。

青い石のはめ込まれた櫛《くし》かんざしで長い髪を頭の上で一部だけ留めている。

寝たきりでそれ以上結うこともできないのだろう。

「康生殿、いつもの発作です！　頓服《とんぷく》用の煎《せん》じ薬を！　早く!!」

「わ、分かりました！」

康生は董胡の横を走り抜けて、薬湯を取りに行ったようだ。

「翠蓮様、呼吸をして。大丈夫ですから。さあ、息を吸って」

「で、出来ないの……。息が……喉《のど》に何かが詰まっていて……ごほごほ……」

「喉には何もないのです。雲埆先生が言っていたでしょう」

「でも……息が……ごほっ……」

董胡は帳の外で二人のやりとりを聞いていた。

(喉に何かが詰まっている？)

姫君はそう訴えるのに、医師は何も詰まってないと言っているらしい。

（梅核気《ばいかくき》か？）

何もないはずなのに、梅の核、すなわち種が喉に詰まっているように感じることから、梅核気と呼ばれる症状がある。わざわざ症状に名前がつくぐらいだから、そういう訴えをする患者は昔から時々いたようだ。

（梅核気の症状があって息が出来ないということは……過換気《かかんき》を起こしているのか……）

極度の不安や緊張によって過呼吸になり、息が吸えなくなる症状だ。

「姫様、息を吸って下さい。どうか……」

このままではだめだと判断した。

董胡は帳を開き、寝台の中に飛び込む。

「失礼します」

鱗々は董胡の急な乱入にぎょっとする。

「な！　勝手に入ってこないで下さいませ！　ますます姫様が不安になって息ができなくなります！　見れば分かるでしょう！」

事態の分からぬ子供だと憤っている。

「すみません。ですが、急を要しますので、失礼」

董胡は鱗々の前に割り込んで入り、息も絶え絶えの姫君の背をさすって言った。

「姫様、息を吐いて下さい」

「な！　息が吸えないとおっしゃっているのに、吐いてどうするのですか！　姫様の息が止まってしまいますわ!!」

鱗々がすぐに反論して怒鳴る。

「大丈夫です。息を吐ききったら、否《いや》でも吸い込みますから」

「な、なんて無体なことを……」

鱗々が董胡に非難の目を向ける。

しかし董胡は動じず受け流した。

「さあ。ゆっくり吐いて。大丈夫です。息が止まって死んだりしませんから」

「ちょっと、聞いているのですか？　どいて下さいませ」

鱗々は筋肉質な腕で董胡を姫君から離そうとした。

しかし翠蓮は董胡に誘導されるように息を吐き、すべて吐ききったところで「かはっ」と息を吸い込んだ。

「!!」

鱗々は驚いてその様子を見つめている。

「さあ、もう一度。ゆっくり吐きましょう。ゆっくりゆっくり吐いて……」

姫君は再びゆっくり吐いて「かはっ」と息を吸い込んだ。

何度も繰り返すうちに呼吸が整い、やがて平常に戻っていた。

「これはいったい……」

鱗々は驚いて董胡を見る。

薬湯を持ってきた康生も驚いた顔で立ち尽くしていた。

「なぜ発作が……」

簡単に治まったことが信じられないらしい。

「本当に喉に何かが詰まって息が吸えないなら、とっくに呼吸は止まっているでしょう。発作が続くということは、途中で気付かぬうちにちゃんと吸っているのです。吸えないという恐怖が過換気を起こしているので、吸うことに意識を向けるのは逆効果なのです」

「そんなことが……」

まだ半信半疑のまま、鱗々と康生は董胡を見つめた。

「で、では……。息を吐くように誘導すれば姫様の病は治るのですか？」

鱗々は希望を浮かべ董胡に尋ねる。

しかし、董胡は考え込んだ。

「発作をある程度緩和させることはできますが……問題は、なぜ発作が起きるのかです」

発作が起きる原因を突き止めない限り治ったとは言えない。

そこで董胡は康生が手に持っている薬湯を見た。

「その薬湯は？　何を飲ませているのですか？」

康生は問われて、口ごもる。

「処方の内容は他言してはならないと……雲埆先生に言われていますので……」

「…………」

玄武でも了見の狭い医師は、他の医師に自分の処方を教えたがらない。自分の処方に自信がないのか、医術を盗まれると思うのか。

「ではそれを飲ませて下さい。それならいいでしょう？」

董胡は手を差し出した。

康生は戸惑いながらも、渋々董胡に薬湯を渡した。

すぐに匂いを嗅《か》いで、一口飲んでみる。

「黄連解毒湯ですか……」

「!!」

あっさりと言い当てられて、康生が驚きの表情になる。

「これは……飲ませない方がいいでしょう……」

「な！ ですがこれは雲埳先生が処方なさった薬で……」

「先生の顔を立てたいのですか？ 姫君の病を治したいのですか？ どちらです？」

「………」

康生は青ざめたまま黙り込んだ。

本音を言えるなら……この姫君に黄連解毒湯を処方するなんてあり得ない。

黄連解毒湯は気の高ぶりを鎮める薬湯だ。

どちらかと言うと体力があって血圧《ちあつ》が高く、いらいらしがちな患者の眩暈《めまい》や動悸《どうき》を抑えるために用いる。

しかし目の前の姫君は線が細くて弱々しく、血も気も足りていない。

顔色が白く、儚《はかな》げで、病的な美しさがあるが、今は少しやつれ過ぎている。

姫君の発作を気の高ぶりと捉《とら》えたのかもしれないが、あまりに浅はかだ。

麒麟寮では、こんな処方は研修生でもしない。

だが他の医師の処方を患者の前で否定するのは禁忌だ。

患者を不安にさせ、医師全体への不信感につながりかねない。

「発作は……いつから始まったのですか？」

董胡は話を変えて、翠蓮に尋ねた。

「最初は……王宮に輿《こし》入れする前に……」

「輿入れ前？」

ずいぶん月日が経っている。

「何か思い当たるきっかけのようなものはありますか？」

「それは……」

姫君は少し躊躇《ためら》いながら答えた。

「我が氏家《ていけ》から……龍氏様に養子を出すと言われて……」

「龍氏様の養子？」

どういうことだろうかと董胡は考えた。

「その……龍氏様の一の姫君はまだ幼く、帝《みかど》に嫁ぐには早すぎると……」

「ああ……」

そういうことかと董胡は納得した。

年頃の氏家の姫君を養子にして一の姫として皇帝に嫁がせたのだ。

玄武の身代わり一の姫となった董胡には、その事情が透けて見えたような気がした。

龍氏の姫君がまだ幼いなどと言っても、いずれ皇后になるかもしれない地位を他の家の姫君に譲るようなことは、普通はしないだろう。

黎司の治世が噂通り短いとふんで、次の弟宮のために本当の一の姫を温存したのだ。

「新しい帝は気に入らないことがあると宮女を斬り捨てるような恐ろしい方だというお噂を聞き、私が選ばれたらどうしようと恐ろしくなりました」

「選ばれる？」

董胡の疑問に鱗々が代わりに答えた。

「翠蓮様には上にお二人姉君がいらっしゃいます。姫様は選ばれるはずがないと、大丈夫だと私は申し上げたのです。でも……」

鱗々は悔しそうに拳《こぶし》を握りしめる。

「お二人の姉君はすでに許嫁《いいなずけ》がいるからと、翠蓮様のところに何度もやってきて、あなたが行くといいなさいと執拗《しつよう》に追い詰めたのです。その心労と、選ばれたらどうしようという恐怖心から最初の発作を起こしてしまったのです」

「…………」

黎司の悪い噂は貴族の間でどれほど浸透しているのだろう。

本当はどれほど素晴らしい人なのか、ほんの僅《わず》かな人しか知らないのが悔しい。

「姫様のお父君は、姉妹の中でも一番幼く美しい翠蓮様を養子にやることを最初は渋っておられました。されど姫様が発作を起こされて、もしや煩躁驚《はんそうきょう》なのではとお疑いになり、結局……翠蓮様が選ばれてしまったのです」

「煩躁驚？」

そういう症状は確かにあるが、なぜ一回発作が出ただけでそう思うのか分からなかった。煩躁驚など、心を病んだからといって、そう簡単に辿《たど》り着く症状ではない。

「実は……我が母君も煩躁驚になり、衰弱して亡くなったので……」

翠蓮が、弱々しく答える。

「母君が？」

「氏家周辺の姫君には時々いらっしゃるのです。もう一つ美姫《びき》が多いと言われている游《ゆう》家《け》の姫君にも多く、家系病なのです。過去に游家の姫君が帝の一の后《きさき》となられ、煩躁驚の症状を出したため、この堅固な寝所を作ったと言われています」

つまり病で先のないこの姫君を、監禁部屋に厄介払いするように一の后に仕立て上げたということらしい。

皇帝を馬鹿にしている。

（青龍の龍氏もレイシ様の味方ではないのか……）

周り中どこにも味方のいない黎司のことを思うと、切なくなる。

「しかし、そんな家系病があるのでしょうか？　聞いたことがないけれど……」

煩躁驚は最も重症の心の病と言われている。

親子で気鬱《きうつ》の傾向が似ることはあっても、家系で出るという話は知らない。

「きっと黒蝋妃の呪いなのです」

二人のやりとりを聞いていた翠蓮が、ぽそりと呟《つぶや》いた。

「黒蝋妃？」

董胡の問いに鱗々が答える。

「そういう言い伝えがあるのです。ずっと昔、当時の青龍公に三人の妃《きさき》がいました。一人は氏家の姫君、一人は游家の姫君、そしてもう一人が黒蝋妃であったという話です。三人ともそれは美しい姫君で、当時から美姫が生まれる家系といわれる三家でした」

まあ、よくある話だ。

「ですが青龍公の寵愛《ちょうあい》を独り占めしたかった黒蝋妃は、他の二人の妃を追い出そうと様々な嫌がらせをし、ついに二人の妃に大怪我をさせるに至ったそうでございます。しかし、そのことを知った青龍公が大変お怒りになり、黒蝋妃の家筋は取り壊しとなり、妃は南部の角宿の地に幽閉され、二人の妃に陥れられたのだと恨み続け、最後は煩躁驚となって呪いの言葉を吐きながら亡くなったと言い伝えられています。そして黒蝋妃を埋めた土から黒い花が咲く木が育ち、夜な夜な黒龍の姿となって美姫を探し、呪いをかけるのだと言われています」

　なかなかどろどろした昔話だ。

「では、その呪いで二つの家系で煩躁驚に至る姫君が多いと？」

「はい。真偽のほどは分かりませんが……」

　俄《にわ》かには信じがたい話だ。

「ですが二つの家系の姫君全部がそうなる訳ではないのですよね？」

「はい。美しい姫君ほど病になると言われています。その美しさに黒蝋妃が嫉妬《しっと》するのだと陰で噂されていますが……」

　美姫が呪われる病……。

　董胡はもちろん聞いたことがない。

　さらに翠蓮は、思いつめたように謝った。

「雲埆先生はわがままな甘え病だとおっしゃっています。……私がこんな、甘えた性格だから……。鱗々やみんなに迷惑をかけて……ごめんなさい……」

　翠蓮は白い顔を曇らせ涙を浮かべている。

「姫様が悪いのではありません。私は病を姫様の甘えだなどとおっしゃる、それが許せなくて。そんなはずがないと確かめたくて玄武のお后様に無理を承知でお願いしようと思ったのです」

　鱗々は悔しそうに唇を噛《か》みしめた。

「私も……雲埆先生のことは師として尊敬していますが……姫様の甘えだという先生の診立てだけはどうにも承服できず……」

康生も苦渋の表情で告げた。

董胡にも、目の前で苦しそうにごめんなさいと謝る姫君が、わがままな甘え病だとはとても思えなかった。それに姫君から発する、この色は……。

董胡の特別な目には、はっきりと弱っている臓腑《ぞうふ》を示す色が見えていた。

「甘え病だと診立てたということは、いつもは何の薬湯を飲んでいるのですか？」

梅核気の症状から処方するなら半夏厚朴湯《はんげこうぼくとう》か。

それとも癇癪《かんしゃく》を起こしていると考えて、清熱作用の強い柴胡加竜骨牡蠣湯《さいこかりゅうこつぼれいとう》だろうか。

康生は困ったように俯《うつむ》いている。

これも教えられないと答えるつもりなのか。

しかし、悩んだ挙句、懐から薬包紙に包まれた薬を取り出した。

「実は……このお薬は、雲埆先生が独自に配合されて作っているものでして、我ら弟子達も内容を教えてもらっていません。ご自分のお屋敷で密《ひそ》かに作らせ『黄龍《きりゅう》の鱗《うろこ》』という名で売られています。何にでも効く万能薬と言われ、青龍で一番売れている薬です」

「黄龍の鱗？」

「はい。玄武から卸される薬はどれも高価ですが、これは雲埆先生が青龍のために安いお薬をと作って下さったもので、貧しい平民でも買える値なのです」

董胡は玄武のことしか知らなかったが、他の領地ではそんな薬もあるのだ。

「何にでも効く薬って……誰も内容を知らないのですか？」

そんなすごい薬があるなら、董胡だって知りたい。

「はい。雲埆先生とそのお身内しか知りません。青龍で一番大きな医家です。ご実家の角宿には大きなお屋敷と診療所があります。先生は医術の遅れた青龍のために独自の医塾を開き、多くの医生を育て、各地に配下の治療院を建てて下さいました。おかげで青龍の人々は誰でも医師にかかることが出来るようになったのです。以前は、平民などは病になっても何の治療もされずに死ぬしかなかったのに」

青龍の偉大な功労者ということか。

「そのお薬を一つもらって帰ってもいいでしょうか」

「はい……。ですがどうかご内密に。私が渡したと知れたら……私はもう青龍では医師でいることができません」

雲埆が青龍の医術のすべてを牛耳っているらしい。

「分かりました。あなたに迷惑がかからないようにします」

薬包紙を開いてみると、黄色がかった茶葉のようなものが入っていた。

くんと匂いを嗅《か》いでみたが、野苺《のいちご》のような甘い香りがぷんとする。

少しつまんで口に含んでみたが、知っている生薬のものではなかった。

この薬が何の薬か分からない限り、勝手に断薬するのは危険だ。

体に効いているのであれば、症状が悪化してしまう可能性もある。

また新たな薬湯を飲ませるのも相乗作用で過剰投与になる恐れがある。

とりあえず、いつも飲んでいるということなのでそのまま飲んでもらうことにした。

「食事は出来れば緑のものを多めに食べるようにして下さい。それから酢の物や柑橘《かんきつ》の果物などもいいでしょう」

「お食事ですか？」

鱗々は食事の指示まで受けると思っていなかったのか、驚いたように聞き返した。

「はい。姫君の弱った臓腑には良いかと思います。食欲がなくとも、それらの食材なら ば喉《のど》越しがよく、比較的食べられると思いますよ」

翠蓮の体からは青い光がほのかに放たれていた。

青は肝。あるいは胆。

毒にやられている場合も青くなるが、毒ほど強い光ではない。

これは何らかの理由で肝か胆が弱っているのだと考えられる。

まずは肝と胆にいい食事で臓腑の活力を少しでも高めておくしかない。

「分かりました。そのように致します」

そうして姫君の診察をして、一旦《いったん》帰ることにした。

八、年菜祝い膳

董胡が青龍の后宮に行った翌日、久しぶりに黎司が鼓濤の許《もと》にやってきた。

年末年始の忙しい神事がようやく一段落ついたらしい。

御座所《おましどころ》では、すでに董胡が御簾《みす》の前にひれ伏したまま待っていた。

「…………」

黎司はその様子から察したのか「鼓濤はまだ風邪が治らぬのか」と尋ねた。

「はい。申し訳ございません。先にお知らせして、おいでをお断りすべきかと思ったのですが、私が陛下にお食事を出したいとお願い致しました。申し訳ございません」

「いや、私も鼓濤に会えぬ上、そなたの料理まで食べられないのは残念だ。鼓濤の配慮に感謝する。気にせずともよい」

「ありがとうございます」

「だが……」

黎司は厚畳に腰を落ち着けながら続けた。

「私が鼓濤の顔を無理やり見ようとするのではないかと恐れて仮病を使っているなら、

もうその心配はせずともよい」

「!!」

董胡はぎくりと肩を震わせた。

「鼓濤の不安がなくなるまで、無理強いするつもりはない」

そしてふっと黎司が笑う。

「朱璃に叱られた。痘痕《あばた》を気にしている鼓濤の気持ちを分かってやれと。しつこい男性は嫌われますよと言われた」

「そ、そのようなことを……」

朱璃が先日の約束通り、牽制《けんせい》してくれたらしい。

帝《みかど》に対してしつこい男性とは命知らずな言い草だが、黎司にそこまで言えるのは朱璃だけだろう。

后《きさき》なのだから顔を見せたくないという鼓濤の方に非があるに違いないのに、笑って受け入れてくれる黎司の寛大さに救われている。

「安心して今までのように話がしたいと伝えておいてくれ」

「はい……」

董胡は申し訳ない気持ちで答えた。

(鼓濤はレイシ様を騙《だま》しているばかりか、忌まわしい血まで流れているというのに)

沈みそうな気持ちを切り替え、顔を上げる。

「本日も膳《ぜん》を用意しております。出してもよろしいでしょうか？」

罪滅ぼしに、せめて料理だけは誠心誠意作りたい。

「うむ。楽しみにしていた。疲れているせいか食が進まないのだが、そなたの料理だけは食べたいと思うのだ」

その言葉が嬉《うれ》しい。

「すぐにご用意致します」

侍女三人が、控えの間から膳を黎司の前に運んでくれる。

黎司は毒見を呼び寄せ、董胡が取り分けて出した料理を食べて下がっていった。

そうして膳を挟んで黎司と董胡の二人きりになった。

「今日は……豪華だな。金目鯛《きんめだい》の姿煮に冬鮑《ふゆあわび》の酒蒸しか」

「はい。お正月の年菜祝い膳です。縁起の良い料理を揃えてみました」

「ふむ。この椀《わん》形に盛られた華やかな一品は……八宝飯《はっぽうはん》か？」

八宝飯は慶事に食べられる甘味で、もち米に干した果物を入れ甘く蒸しあげ、中に餡《あん》子《こ》を詰めたり、甘い蜜《みつ》をかけたりする料理だ。

黎司は少し困ったような顔をしている。たぶんあまり好きではない料理なのだ。

「レイシ様は甘い米はあまりお好きではないかと思い、少し変わった八宝飯を作ってみました。餡子は入れず、甘い蜜もかかっていません。出汁《だし》で炊いたもち米に干し杏《あんず》や、甘栗、干し棗《なつめ》、貝柱などを飾っています。体にいい食材を取り揃えた宝飯《たからめし》でございます。

どうぞお召し上がり下さい」

「ほう。甘くないのか。縁起物だからと祝い事のたびに食べさせられるが、どうも苦手だったのだ。ならば頂いてみよう」

黎司は一口頰張《ほおば》り、目を丸くする。

「これは……今まで食べた八宝飯と全然違うな。もち米のもちもちした食感は同じだが、甘ったるい蜜や餡子がないので食べやすい。甘栗のほどよい甘さと、干した食材の様々な味が混じり合い、嚙《か》みしめるたびに味わいが違う。面白いな」

黎司は気に入ったようでどんどん食べ進めている。

「こちらの肉はなんだろうか？」

八宝飯をすっかり堪能《たんのう》すると、その隣の香ばしい色の肉に目を移した。

「これは鶏肉の陳皮《ちんぴ》煮でございます。陳皮とは蜜柑《みかん》の皮を干したもので風邪の生薬としても用いられています。肉や魚を煮る時に入れると蜜柑の爽《さわ》やかな風味が加わり、食欲を高めてくれます」

「ふむ。蜜柑の皮が薬や料理になるとは、不思議なものだ」

董胡が取り分け、黎司はさっそく頰張った。

「ほう。確かに蜜柑の香りがする。甘辛い鶏肉に優しい味わいが加わったような気がするな。好きな味だ」

美味《おい》しそうに食べている黎司の顔を見ているだけで、董胡も幸せな気分になる。

「ところで青龍の后のところに行ってくれたそうだな。朱璃から聞いた」

箸《はし》を進めながら、黎司は思い出したように告げた。

「!!」

朱璃は鱗々から内密にと言われていたのに、あっさり言ってしまったらしい。

口が軽いのか堅いのか分からない人だ。

「実は青龍の后の異変には気付いていたのだ。初見えの時からひどく怯《おび》えた様子で、時々咳込《せきこ》んでいた。ほんの僅《わず》かな会話すらも呼吸が乱れ、落ち着かないようであった」

「そうなのですか……」

帝を恐ろしい人だと思い込んでいる翠蓮には、黎司との対面が心の重荷となって発作を悪化させていたのだろう。

帝が恐ろしい人ではないと分かれば、心の負担はずいぶん軽くなるはずなのだが。

「最近は会話すらも苦しそうで、侍女が代弁していたほどで、私も気になっていた。青龍の后も鼓濤と同じく様々な事情を抱えているのだろう。もしも治せる病であるなら、力になってやって欲しい」

黎司はすべて分かっているのだなと、董胡は感じた。

麒麟の間者を使えば、ある程度の情報は耳に入っているはずだ。

いくら鱗々達が隠そうとしても、病を隠しきれるものではない。

それが分かっているから朱璃も正直に話したのだろう。

「実はそのことで、昨日から調べていたのですが、青龍には『黄龍の鱗』と呼ばれる薬があるらしく、私の知らない薬草が入っているようなのです」

「そなたが知らない薬草？　薬草に詳しいそなたにも知らない薬草があったか」

黎司は驚いたように答えた。

「はい。もしや玄武にはない薬草なのかと思うのですが……」

「ふむ、なるほど。青龍にしかない薬草ということか」

黎司は考え込んだ。

「そこで、先日頂いた『麒麟寮医薬草典』を見てみました」

「そうか。翠明の祖父は各地を外遊したのだったな。青龍の薬草も書き込んでいたかもしれぬな。それで、何か見つかったのか？」

「はい。一つだけ、疑わしい薬草がございました」

翠明の祖父は青龍の地で十ほどの新たな薬草を見つけ、書き記していた。

董胡は康生からもらった『黄龍の鱗』に、黄色い茶葉のようなものが多く混じっていたことが気になっていた。最初菊花《きくか》かと思ったが、そうではなかった。

そこで黄色い花をつける薬草を探してみると、一つだけあった。

「蝋梅《ろうばい》という花をご存じですか？」

玄武にはない花だった。翠明の祖父の記録では、青龍の全域で多く咲いているそうだ。

「蝋梅か……。それなら皇宮の冬の生花に添えられていることがある。確か青龍の后宮の庭にも咲いていたはずだ」

「青龍の庭に？」

「花の時期は梅より少し早いぐらいだったから、そろそろではないか？　もう蕾《つぼみ》がついている頃だ。梅に似た花を咲かせるが、蜜蝋《みつろう》のような透き通った黄色をしている」

「蕾？　梅のような黄色の花……」

そういえば青龍の庭に梅の木が並んでいるように見えた。

遠目だったから蕾の色まではっきり分からなかったが、あれが蝋梅だったようだ。

「蝋梅は生薬になるのか？」

黎司は尋ねた。

「はい。『麒麟寮医薬草典』の中では、咳《せき》を鎮めたり熱を下げたりする効能があると書かれていました。油に漬けた花を火傷《やけど》などに使った例もあったようです」

だが『黄龍の鱗』は万能薬として売り出されている。

康生にもらった『黄龍の鱗』には、蝋梅以外にも何種類かの緑っぽい干し葉が混じっているが、それらはさっぱり分からない。とにかく様々な効能の薬草を混ぜ込んで万能薬としているのだろう。

蝋梅自体もさほど効能の強い薬ではないが、他の葉も取り立てて作用の大きいものはないように感じた。

むしろこんな物が本当に万能薬なのだろうかと疑わしい。

ただ、断薬は問題なさそうなので、きちんと証《しょう》を照らし合わせた生薬に切り替えた方が良さそうだ。

そしてもし董胡の診立てが正しいとするなら……。

「レイシ様。青龍のお后《きさき》様の治療に楊庵を連れていってもよいでしょうか？」

「楊庵を？」

楊庵は皇帝の密偵でもある。黎司の許可が必要だ。

「楊庵は、医師免状はまだ持っていませんが、鍼《はり》に関しては、優れた才能を持っています。そして卜殷先生と一緒に青龍のお后様と似たような症状の患者を治療していました」

董胡は薬湯専門で、どこに鍼を打って、どういう治療をしたのか詳しく知っているのは楊庵の方だった。

「ふむ。本来免状なしに医術を使うべきではないが……」

后の病が治るなら、そんなことを言っている場合ではない。

皇帝の権力で非なるものを是とするしかない。

「青龍のお后様の主治医は、青龍の医師全体を牛耳る高名な方のようです。ですがもしその先生の処方に問題があれば、お后様の命にも関わります。その場合には皇帝の権力をお借りしなければ解決できないかもしれません」

できればそんな事にはならないで欲しいが。

「それはもちろん、いざという時には私が収めることも厭《いと》わない。そなたと楊庵も私が守るゆえ安心するがいい。だが……」

黎司は少し思い詰めたように董胡を見た。

「絶対に無茶をするな。危険な目に遭いそうな時は、まず私に相談せよ」

「はい。私は大丈夫です。気を付けますから」

軽く応じた董胡に、黎司はさらに深刻な顔で言う。

「本当に分かっているか？　尊武のことも……もう調べるな」

「え？　でもそれは私が確かめないと……」

黎司は当たり前のように言う董胡の腕をぐっと摑《つか》んだ。

「!?」

「調べるなと言っている。尊武には近付くな！　これは命令だ！」

「レイシ様……」

やけに強い口調で言う黎司に驚く。

「そなたを失いたくないのだ、董胡」

「！」

正体がばれる前に消えようと思っていたことを見透かされているようでどきりとする。

「う、失うだなんて……そんな大げさな……」

誤魔化そうとする董胡に、黎司はさらに告げる。

「そなたは……何か私に隠していないか？」

もしかして朱璃がすべて話しているのではないかと思った。

だが少し違う。

「責めようと思って言っているのではない。もしも何か隠していたとしても、私に謝らなくていい。謝らなくていいから、そばにいてくれ」

「レイシ様……」

董胡の秘密を知っているようには見えない。

けれど董胡が黎司に罪悪感を持っていることには気付いているらしい。

なぜ謝りたいと分かったのだろう。

いつの間にか、そんな顔で黎司のことを見ていたのだろうか。

「約束してくれ、董胡。私のそばにずっといると」

切ない顔でそんなことを言われると、心の内をすべて話してしまいたくなる。

けれどやはり言えない。

そしてまた嘘を重ねることしか出来ない。

「約束します。ずっとおそばにいると」

もうこれ以上嘘をつきたくないのに、どんどん追い詰められていく。

そして気持ちが焦るばかりだ。

早く黎司の拒食を治さなければ、と。

「!!」

九、薬庫の会合

「おう、董胡。久しぶりだな。国民参賀の儀で会えるかと思ったが、いなかったな」

薬庫には、いつものように万寿《まんじゅ》が一人でいた。

「万寿は式典に出ていたの？」

「おうよ。俺も一応宮内局の医官の一人だからな。大階段に並んで国民の参賀を受ける側さ。平民医官にとっては最高に名誉なことだからな。参賀に来た細君に手を振るのが毎年の恒例なのさ」

平民医官は大階段の一番下の方なので、顔までよく見えるのだろう。

董胡も平民医官として、万寿と同じところに並び立つことも出来るはずだった。

「后宮に残っていたのか。残念だったな」

「うん。まあ……」

本当は大階段の一番上、朱雀の輿《こし》の中で后と一緒にいたなんて言ったら、ひっくり返ることだろう。

「そうそう。年末に届けてくれた春餅、美味《うま》かったぜ。楊庵の分もちゃんと渡しておいた。あいつは、懐かしいって涙を流しながら食べてたよ」

「ありがとう。楊庵はここによく来るの？」

今日は楊庵に連絡を取りたくて来た。

「おう。毎日のようにお前が来なかったかって聞いていくぜ。懐いた野良犬みたいなやつだよな。たぶん今日もそろそろ……」

「誰が野良犬だよ！」

万寿が言い終わらない内に背後から声が降ってきた。

「楊庵！」

楊庵が、むっとした顔で後ろに立っていた。

にやにやと万寿が肩をすくめる。

二人の仲は良好ではないが、以前のように悪くもないようだった。

「ちょうど良かった。二人にちょっと聞いてみたいことがあったんだ」

「聞いてみたいこと？」

万寿と楊庵は首を傾げた。

「『黄龍の鱗』っていう薬なんだけど、聞いたことがある？」

すぐに万寿が反応した。

「ああ、青龍で出回っているでたらめ生薬のことだろう？」

「でたらめ？」

「流しの薬売りが、最近青龍で薬が売れなくなったって嘆いていた。聞いてみると、みんな『黄龍の鱗』っていう有難い薬があるから、もういらないって答えるそうだ。それでこっそり手に入れて、何が入っているのか調べたそうだよ」

さすが万寿だ。情報の精度がいい。

「それで？　分かったの？」

はやる気持ちで董胡が尋ねると、万寿は肩をすくめた。

「まともな効能のある薬草は蝋梅花《ろうばいか》ぐらいだってさ。他はその辺の雑草を混ぜ合わせただけのいい加減な代物らしい」

「雑草？」

「ああ。何の効能もない道端の雑草さ」

道理で何か分からなかった訳だ。

生薬として使われていない雑多な草など、さすがの董胡も分からない。

「そんな物が流行《はや》って、文句を言う人はいないの？」

「まあ、玄武の薬よりずいぶん安価だし、薬を飲んだってだけで気休めになって治った気になる者も多い。実際、風邪ぐらいなら日が経てば治るしな。治らなくても、こんな有難い薬でも治らないんだから、寿命なのだろうと諦《あきら》めるさ」

玄武以外の地は医師や薬が行き届かず、最初から医術にその程度の期待しかないということらしい。

「蝋梅花については？　何か知ってる？」

「ああ、知ってるぜ。青龍の后宮《きさきぐう》に咲くっていうんで、去年だったかな、青龍に出入りする御用聞きに頼んでこっそり摘んできてもらった。見るか？」

「え？　あるの？　見たい！」

「おう、ちょっと待ってろよ」

万寿は薬庫に入っていって、すぐに小さな籠《かご》を持って戻ってきた。

「これだよ」

董胡と楊庵は覗《のぞ》き込んで見つめた。

「蕾《つぼみ》？　花じゃないんだね？」

「ああ。蝋梅花と呼ばれているが、生薬に使うのは蕾だって話だ。花にも効能があって花茶にすることもあるようだが、蕾の方が効能は高い」

確かに、康生にもらった『黄龍の鱗』も花というよりは黄色い断片が残っているような感じだった。

「蝋梅は梅という字を使い、開花の時季も近く、似たような形の花を咲かせ香りも似ているが、まったく別物だ。先に花が咲いてから葉が展開するところも同じだが、効能はまったく違う。そして一番気を付けなければならないのは、種子の部分だ」

「種子？　種子にも何か効能があるの？」

「調べた薬売りの話では、附子《ぶし》に似た作用があるという話だ。梨に似た偽果をつけるため、青龍では昔から誤食が多く、体を弓なりに反らす痙攣《けいれん》発作を経て死に至ることもあるようだ。まあ、美味いものではないから、人が死ぬほど食べることはないと思うが、動物の大量死は時々あるらしい」

「附子に似た……」

「うまく使えば附子のような生薬になるのかもしれないが、青龍にしか咲かないから研究する者もいない。まあ、附子があれば、あえて危険を冒して研究する必要もないしな」

「ふーん。そうなのか」

さすがに『黄龍の鱗』に種子が混じっていれば、大事件になっているだろうから、種子は使っていないだろう。

けれどこんなでたらめ生薬で儲《もう》けるなんて、雲埆という医師はあまりいい人間ではないに違いない。后の主治医にしておくのは問題だ。

「とても役に立ったよ、万寿。ありがとう。お礼にまた蒸し饅頭《まんじゅう》でも持ってくるね」

「おう！　いつもありがとうよ」

董胡は万寿に礼を言って、楊庵と共に薬庫を出た。

「玄武のお后様が『黄龍の鱗』を飲んでおられるのか？」

楊庵は二人きりになると董胡に尋ねた。

「ううん。違うんだ。実は青龍のお后様が飲んでおられるんだ」

「青龍のお后様が？」

楊庵は思いもかけない人物の話に驚いた。

「それで楊庵にお願いがあるんだ」

「俺に？ 俺に出来ることなら何でもするぜ。任せてくれ」

楊庵は嬉《うれ》しそうに意気込んで言う。

「うん。一緒に青龍のお后様のところに行って治療を手伝って欲しいんだ」

「え？ 俺が？ 青龍のお后様のところへ⁉」

楊庵は驚いたように聞き返した。

「薬湯ももちろん飲んでもらうけれど、楊庵の鍼《はり》と、卜殷先生がやっていた指圧治療が有効ではないかと思うんだ。覚えている範囲でいいから……」

卜殷は診立ても処方も優れた医師だったが、一番凄《すご》いのは指圧の的確さだった。

患者に必要なツボを見つけ、効果的に圧を加える。

楊庵の鍼と卜殷の指圧で治らない病はないのではないかと思うほど優れていた。

董胡はたいがい薬湯を準備していたから、間近に卜殷の指圧を見ているのは楊庵だった。

「俺はいいけど……その……使部《つかいべ》の俺なんかがお后様を診てもいいのかな」

「一応、医官の私の指示で補助をするという形になる。帝《みかど》もお許し下さった」

「帝が⁉ 董胡は帝に会ったのか？」

「うん、まあ……。后宮で……」

「す、すげえなあ……。普通はお顔を見ることも出来ない相手だぜ。どんな方だ？　若いのか？　やっぱり神々しい方なのか？」

「う……ん。そうだね……」

神々しいほど美しい。五年前、会った時から。

「俺もいつかお会いできるかなあ」

すでに五年前に会っているけどね、と董胡は心の中で思った。

「それで早速、明日青龍の后宮に行く予定なんだけど、抜け出せそう？」

「ああ。偵徳先生に聞いてみるが、大丈夫だと思う」

楊庵は偵徳専用の使部なので、なんとかなりそうだ。

「そういえば、偵徳先生は元気？　何か怪しい動きはない？」

「なんだよ怪しい動きって。ああ、でも内医官の殉死制度の廃止を帝が言い渡したと聞いて、ずいぶん驚いていた。ほかの内医官も拍手喝采《かっさい》の大喜びだった。みんな殉死の覚悟で抜け殻のように働いていたけど、今は希望を持って勤めている。帝のためにに尽くそうと、みんな身を入れて仕事をするようになった。偵徳先生以外は」

「偵徳先生は？　それでもまだ帝に不信感を持っているの？」

「ああ、なんか余程の恨みでもあるのかなあ。何も話してくれないけど」

「そうなんだ」

董胡は少しがっかりした。

内医官の殉死制度廃止で、今度こそ偵徳も帝を認めてくれると思ったのに。

人の感情は、それほど簡単に裏返らないらしい。

そんなことを考えていると、大勢の人が宮内局の方に歩いていくのが見えた。

「なんだろう？　誰か偉い人なのかな？」

道の端には、拝座になって道を譲る平民役人の姿がちらほら見える。

真ん中の貴人を取り囲むようにして、年配の貴族達が付き従っている。

みんな紫の袍《ほう》だ。そして真ん中の貴人は濃い紫だった。

「宮内局の局頭《きょくがしら》だ。今日、視察に来られるらしいと朝からみんなぴりぴりしていた」

「局頭？　それってもしかして……」

「ああ。玄武のご嫡男。尊武様というらしい」

「!!」

董胡はどきりとして、遠目に見える貴族の一団を見やった。

「董胡、俺達も拝座にならないとまずいかも。離れているとはいえ、視界に入っているからさ」

「う、うん。分かった」

董胡と楊庵は、尊武からずいぶん離れた木陰で拝座の姿勢になる。

そして俯《うつむ》いたまま、楊庵に告げる。

「ねえ、楊庵。こっそり目を上げて尊武様を見て。見覚えがない？」

「え？　尊武様を？　見覚えなんかあるわけないだろ。平民の俺が玄武公のご子息を見る機会なんかないよ」

楊庵は言いながらもそっと横目で貴人の一団を見つめた。

「でもほら、あの真ん中の人。もうちょっと近くで見られればいいんだけど」

遠い上に周りの貴族達が邪魔で顔がよく見えない。

「もうちょっと近付けないかなあ」

「ばか、よせよ。斬り捨てられるぞ」

楊庵に止められて、仕方なく董胡は盗み見るだけにした。

董胡だけに見える五色に放つ光も、大勢の人が入り交じってよく分からない。

それに若君は……あまり特徴のない色をしていた。

五味にこだわりがなく、気に入ったものを美味《おい》しいと感じる、最も一般的な色だ。

その時によって、好む味も微妙に入れ替わり、特別な個性もない。

美味しい物を作れば美味しいと感じるので、料理はしやすい相手だが、色によって個人を判別できる人ではない。

その時、楊庵が「あっ!!」と小さく声を上げた。

「もしかして……朱雀で会った、あの嫌な男か……」

「うん！　そう。朱雀の若君。やっぱり楊庵にもそう見える？」

「遠くて顔がよく見えないけど、歩く姿とか雰囲気が似ている」

そうだ。

普通に歩いているだけなのに、どこか人と違う雅《みやび》な動き。

立っているだけで目を引く、均整のとれた姿。

あんな人が、そう何人もいるはずがない。

「声を聞けば分かるのにな」

そう。声も特徴的だった。

あの声を聞けば間違いなく分かるのに。

その時、ふっと尊武の顔がこちらに向いた。

「!!」

慌てて董胡と楊庵は顔を伏せる。

「ま、まずいよ、董胡。あの若君が尊武様なら、俺達どうなるんだ?」

楊庵は青ざめた顔で俯いたまま小声で尋ねた。

「み、見つかった?」

焦ったまま小声で答える。

「あの時、俺はばっちり顔を見られている。董胡は……そうか。妓女《ぎじょ》の姿だったから分からないのか。でも俺は……」

「ほんの一瞬会っただけだけど、楊庵のこと覚えているかな」

「油断のならないやつだったからな。しかも宮内局の局頭なんて、俺なんか見つかったらごみくずのように葬られるぞ」

ばくばくと高鳴る鼓動を抑え、そっともう一度目線を上げて見る。

そこには……。

何も気付かぬまま宮内局に入っていく一団の姿が見えた。

「よ、良かった。向こうも見えてなかったみたいだ」

「うん。拝座の平民なんていちいち見ないよね」

二人はほうっと息を吐いて、顔をあげた。

「でも、楊庵はばったり出会わないように気を付けて」

「うん、分かった。董胡も、妓女姿だったとはいえ、警戒した方がいいぞ」

「お互い、気を付けよう。そしてもし何か分かったら知らせて」

「分かった」

こうして董胡はひとまず楊庵と明日待ち合せる時間を決め、后宮《きさきぐう》に戻ることにした。

十、病の原因

翌日、董胡は楊庵と昨日別れた場所で落ち合った。

「昨日あれから尊武様には会わなかった？　各部署を視察して周ってたんでしょ？」

「うん。内医頭《ないいのかみ》の頑兼《がんけん》先生が緊張して待ってたけど、結局内医司には来なかったみたいだ。宮内局の中でも特殊な部署だからな」

使部の楊庵が顔を合わすことはないと思うが、同じ建物にいるのだから気を付けねばならない。

「偵徳先生は朱雀で顔を見られてなくて良かったよ」

一緒に密偵となって朱雀に潜入していた内医官の偵徳は、若君に会っていない。

顔に大きな刃傷のある偵徳は、さすがに印象に残ってしまっただろう。

だが今は尊武のことより、まずは青龍の后の病を治すことに集中しよう。

「鍼《はり》は持ってきた？」

「ああ。一応、いつも鍼だけは身につけている」

卜殷先生にもらった楊庵専用の鍼を、ずっと大事に使っていた。

「でも緊張するなあ。后宮に入るのか。お后様を診る日が、俺の人生に来るなんて考えてもなかったなあ」

「玄武の后宮は入ったんでしょ？」

「夜だったし見つからないように緊張してたし、ほとんど覚えてないよ」

密偵・楊庵が鼓濤を訪ねたのは、ほんの数十日前のことだ。

もっとも、几帳《きちょう》ごしで姿を見られてはいない。

「お后様はやっぱり天女のように綺麗《きれい》な人なのか？」

本物の姫君というものを見たことのない楊庵は興味津々だった。

「うん。今は病で顔色は悪いけど、すごく綺麗な人だと思うよ」

「玄武のお后様とどっちが綺麗だ？」

楊庵は下世話な興味に目を輝かせる。

「あのね、お后様に会ったことは他言しちゃだめだからね。病のことも漏らさないでね。万寿にも言っちゃだめだよ」

「分かってるよ。万寿になんか言うはずないだろ」

本当に大丈夫だろうかと不安になる。

しかしそんな話をしているうちに青龍の后宮に到着していた。

楊庵には医官・董胡の使部として鼓濤の名で通行用木札を作っていた。

董胡の木札があれば、医官の使部として連れて入ることができた。

先日のように青い欄干の回廊を歩いていくと、庭の蝋梅《ろうばい》がすぐに目に入った。

「先日は蕾《つぼみ》だったのに、もう開花したみたいだ」

「あれが昨日言っていた蝋梅か」

梅より少し低い木に蜜蝋《みつろう》のような透き通ったつやのある黄色い花が咲いている。

まだ咲き始めたばかりだが、葉のない枝だけの木々が一気に華やかになっている。

「お待ちしていました。董胡先生」

先日のように重い青銅の扉が開かれると、鱗々と康生が待っていた。

いつの間にか名前の下に先生がつくようになっている。

「そちらの方は？」

鱗々は董胡の後ろの楊庵に目をやった。

「私の使部です。鍼の扱いがとても上手なので連れて参りました」

「宮内局所属の使部、楊庵と申します」

楊庵はぺこりと頭を下げた。

「使部ですか。ずいぶん体格の良い方ですね」

康生が進み出て、青龍人のような体つきの楊庵を怪しむように値踏みしている。

背の高い楊庵は康生と同じぐらいの目線の高さだ。

大柄な三人に囲まれて、董胡だけが飛びぬけて小さい。

その子供のような董胡に、康生は深く頭を下げた。

「董胡先生。先日は大変失礼を致しました。本日は私が補助致しますので、何でもお言いつけ下さい」

前回とずいぶん態度が違う。

どうやらちゃんとした医師だと認めてくれたようだ。

「お后様のご様子は、あれからどうですか？」

「何度か発作は起こしましたが、董胡先生のように息を吐くことを意識して誘導しましたら、なんとか治まるようになりました。ありがとうございます」

康生は畏《かしこ》まって答えた。そんなに持ち上げられると、なんだかやりにくい。

「で、では、診察しましょう」

鱗々が帳《とばり》を開くと、姫君は寝台の上に起き上がっていた。

遠慮がちに微笑み、先日よりもいくぶん顔色が良くなっていた。

そのたおやかな美しさに、後ろの楊庵が息を呑《の》んでいる。

貴族の姫君を初めて見る楊庵には、本物の天女のように見えていることだろう。

青龍でも一、二を争う美姫《びき》の家系だというのが納得できる。

「お手を失礼致します」

董胡は后の細い腕を取り、脈をみた。

それから舌診《ぜっしん》。

舌診は診察の基本だ。

舌は臓腑《ぞうふ》の鏡と言われ、重要な情報を含んでいる。

色や舌苔《ぜったい》の状態で病の種類が、色変のある位置によって病巣の部位が、歯形のつき具合によって浮腫《ふしゅ》の有無が分かる。

(脈は短脈、舌苔は両側が白い)

短脈とは脈動が短く、ぽこっと盛り上がるような感触のある脈のことだ。

舌の両側は肝、胆を示し、舌苔が白いのは寒の証。

それらから導きだされるのは……。

(やはり……肝というより胆気虚か?)

「少しお腹を触らせて頂いてよろしいでしょうか」

鱗々が支えながら、ゆっくりと寝台に仰向《あおむ》けに寝てもらう。

薄い単《ひとえ》の上からお腹をゆっくりと押してみる。

みぞおちと右の脇腹を押すと少し痛みを訴える。やはり間違いない。

「姫君は、不眠はありませんか?」

姫君の体を起こしながら董胡が問うと、后ははっと青白い顔を上げた。

「いえ。姫様はよく眠っておられます。朝もなかなか起きないほど熟睡されています」

鱗々が代わりに答えた。

「なかなか起きない?」

董胡はその言葉に引っかかった。

「それは昔からですか？」

鱗々は問われて考え込んだ。

「そういえば……昔は起こさなくとも自分で起きていらっしゃいましたが……」

董胡は姫君を見つめた。

青ざめた顔で俯《うつむ》いている。

「もしかして……夜眠れないのではないですか？」

姫君はぎくりとして黙り込んだ。

「いえ、そんなはずは……。姫様はいつもよく眠れたとおっしゃって……」

鱗々はきっぱり否定する。

しかし、姫君の様子が違うと言っている。

「嘘なのですね？　本当はずっと眠れていないのでは？　夢ばかり見て眠りが浅いのではないですか？　そして朝になるとだるくて起きられないのでは？」

「まさか！　どうしてそんな嘘を……」

姫君は突然、わっと両手で顔を覆った。

「ごめんなさい。みんなに心配をかけたくなくて……。眠れないなんて言ったら、鱗々がきっと心配するだろうと思って……嘘をついていたの」

「そんな……」

鱗々は唖然《あぜん》として立ち尽くしていた。

「私のことなんて気にせず、正直におっしゃって下されば良かったのに……」

「ごめんなさい。ごめんなさい……鱗々」

わがまま病なんてとんでもない。

侍女にも迷惑をかけないようにと気を遣い過ぎるほどに遣って、遠慮しながら息をひそめるように生きてきた姫君だった。

「不眠はいつから？　輿入《こしい》れが決まってからですか？」

姫君は首を振る。

「もっと前……。大人の姫君として御簾《みす》の中で暮らすようになってから……少しずつ」

「そんな前から……」

鱗々は信じられないように呟《つぶや》いた。

貴族の姫君は、玄武ではたいてい十二歳で大人の衣装を身につけ、御簾の中で過ごし、扇で顔を隠して暮らすようになると聞いた。では、その頃から……。

「どれぐらい前ですか？」

「姫君は今、十五なので三年ほど前です」

まだ十五歳の姫君だったのだ。

その歳で家を離れ、恐ろしいと噂される帝《みかど》に嫁ぎ、王宮で一人病を患って、どれほど心細かったことだろう。

「まずは不眠を治すことから始めねばなりません。姫君の不眠で考えられるのは、気の巡りがうまく出来ていないからだと思われます」

「気の巡り？」

「人の気は起きている時は体の表面を巡り、夜になると体の内側に入り込むと言われています。眠れないということは、夜になってもうまく気が内側に入っていかないからなのです。けれど、なぜ気が入っていかないのか」

「私が……私の気性の問題なのです。私が甘ったれで我慢が足りないから……ごめんなさい」

姫君はすっかり自信を失って、すべて自分のせいだと思い込んでいた。

優し過ぎて、自分を責める思い癖が原因の一つになっているのは確かだ。

(でもそれだけだろうか……)

そんな姫君は他にもたくさんいる。

御簾の中で一人きり過ごす貴族の姫君が、みんな不眠になって発作を起こすわけではない。

(他に何か原因があるのでは……)

「卜殿先生が言っていた」

今まで黙って後ろで聞いていた楊庵が、突然口を開いた。

「楊庵……。何か覚えているの？」

「気の巡りの均衡を崩すのは、首の細長いたおやかな女性が多いと」

「首の細長い？」

確かに初めて見た時から際立った首の細さが目についた。

その頼りなげな細い首が、姫君を一層可憐《かれん》に見せているのではあるが。

「重い頭を支えるには細すぎる首が、負担に耐え切れず前屈《まえかが》みになる。前屈みになることで気の流れが首で止まってしまうのだと。だから首の気を流してやればいい」

そうか。確かに姫君は少し首を前に傾けて前屈みだ。

「鍼《はり》と指圧をしてもいいですか？」

楊庵が告げる。

「鍼と指圧？　そんなもので不眠が治るのですか？」

思いがけない治療法に鱗々が不安な表情を浮かべる。

「だ、大丈夫なのか？　あんたは使部だろう？　姫君に何かあったらただじゃ済まないぞ。分かっているのか」

康生も疑うように口を挟む。

楊庵はむっとして言い返した。

「最近の医術は薬に頼り過ぎているとト殷先生は言っていました。薬も大事だけれど、鍼と指圧で気の巡りを整えるのも同じぐらい大事なのだと」

「やってみる価値はあります。気の巡りが整えば、思いのほか劇的にすべての不調が治るかもしれませんよ」

　董胡も楊庵に賛同した。

「それで治るなら……試してみたい。いいでしょ、鱗々？」

　翠蓮は希望の色を浮かべて頼んだ。

「わ、分かりました。お願いします」

　鱗々は楊庵に頭を下げる。

　すぐに姫君をうつ伏せに寝かせ、楊庵が指圧を始める。

　卜殷が押していたツボを思い出しながら、細心の注意を払って指圧する。

「たぶんここだ。ひどく凝っている。気だけでなく血も水もここで滞っている」

　楊庵はすぐにツボを見つけたようだ。

　このへんの野生の勘のようなものが楊庵にはある。

　首から背へと、ゆっくりツボを押していく。

　何度か繰り返した後、鍼を打つ。

「鍼は少しだけにしておきましょう。姫君の体には、まだ負担が大き過ぎる」

　楊庵は言って、気の流れが整うのを待った。

　やがて鍼を抜き、姫君をそっと起き上がらせた。

「どうですか？」

「あ……息ができる！　今まで喉《のど》に何か詰まっているような感覚があったのに、久しぶりに大きく息が吸える気がするわ」

姫君は驚いたように言った。

「大きく息を吸えるようになれば、呼吸が深くなり発作も出にくくなるでしょう」

良かった。やはり楊庵を連れてきて正解だった。

「それから、ずっと気になっていたのですが……」

菫胡はもう一つ気になることがあった。

「その頭の櫛《くし》かんざしは……いつもつけているのですか？」

姫君は頭の上を飾る大きな櫛かんざしに手をやった。

「これ？」

「それは氏家の姫君が大人になった時贈られるお守りのようなものです」

鱗々が答える。

「ちょっと見せてもらってもいいですか？」

「ええ、どうぞ」

姫君は無邪気に櫛かんざしを自分で取ると、菫胡に差し出した。

受け取ってみると……。

「!! 重い……」

ずっしりと手に重みがのしかかった。

さっき姫君の体を起こした時、やけに頭が重く感じると思った。

「こんな重いものをいつも頭につけているのですか？」

「青龍は鉄器作りが盛んでして、たたらの里がたくさんあるのです。そこで一生ものになる鉄の櫛かんざしを作って姫君に贈るのが習わしなのです」

「鉄で出来ているのですか⁉」

武具作りが盛んで、鉄は青龍の象徴のようなものなのかもしれないが……。

それでなくとも頭を支えるだけでも負担のかかる細い首なのに、こんな重い櫛かんざしを四六時中つけていたら、負担が増すばかりだ。

「申し訳ないのですが、しばらくは鉄の櫛かんざしははずしてもらえますか？」

「え？　どうして？」

姫君が尋ねる。

「おそらくそれこそが黒蝋妃の呪いの正体だからです」

「えっ！　これが？」

その場の全員が驚いたように董胡を見つめた。

「もしかして美姫《びき》が多いと言われている氏家と游家は首の細い家系なのではないですか？　そして家柄の良い姫ほど大きな櫛かんざしを贈られる。違いますか？」

董胡に尋ねられ、鱗々が肯《うなず》いた。

「確かに。氏家と游家は体格のいい姫君が多い青龍では珍しく線の細い家系です。頼りなげな容姿が美しさを引き立てて、美姫が多い家筋だと言われています。また櫛かんざしは、美しい姫ほど輝石のついた大きなものを贈られるのです」

思った通りだった。

「きっと重い櫛かんざしをつけて、御簾《みす》の中で同じ姿勢を取り続けることが、細い首に負担をかけ、前屈みになって気の流れを乱してしまうのでしょう」

「では、氏家と游家に煩躁驚《はんそうきょう》の病が出るのは……」

「おそらく、大本の原因はそこから来ているのだと思います」

「ですが……」

康生が納得できないように声を上げた。

「櫛かんざしのせいで煩躁驚になるなんて、そんな馬鹿なことが……」

あまりに突拍子もない診立てに、理屈が追い付かないのだろう。

「煩躁驚は、様々な病が積み重なって辿《たど》り着く最後の症状です。そこに至る前に多くの病が隠れていたと考えるべきなのです」

「多くの病……」

「まず不眠。この段階で異変に気付いて治療をしていれば発作は起こらなかった。しかし不眠は見逃され発作を起こすに至った。この発作を適切に治療できず放置すれば、次にはさらに深刻な発作を起こす怔忡《せいちゅう》の状態となるでしょう。さらに怔忡が放置されたままになれば、いずれ正気を失い煩躁驚の状態となります。ここに至ってしまうと、容易に治すことは出来ません」

「では、私の母は……」

姫君は潤んだ目で董胡を見つめた。

「姫様の母君は煩躁驚で衰弱して亡くなっておられます。それももしかして……」

康生が董胡に問いかけるように続けた。

「早い段階で適切な治療が出来ていれば、治った可能性はあります」

だが、玄武でも適切な治療に至ることのできる医師がどれほどいるのか。

玄武でもそうなのだから、青龍に治療の出来る医師がいたとは思えない。

「姫様は……姫様は治りますか？」

鱗々が縋《すが》るように董胡に尋ねた。

康生も祈るように董胡を見つめている。

「しばらく治療は必要ですが、少しずつ良くなると思います」

二人はほっとしたように息を吐いた。

「姫様の不眠は楊庵の施した指圧を康生殿が覚えて、毎日するといいでしょう。それから頭に重いものをつけないこと。前屈みの姿勢を意識して伸ばすこと。本来ならそれだけで不眠が治ったはずです。ですが姫君は不眠を放置したまま、発作を起こす次の病に進行しています」

「ど、どうすればいいのですか？　教えて下さい、董胡先生」

康生が懇願する。姫君を本当に大切に思っているのだろう。

「酸棗仁《さんそうにん》と茯苓《ぶくりょう》を処方してみましょう」

董胡は持ってきた生薬を康生に差し出した。

「酸棗仁……それは確か補益肝胆《ほえきかんたん》、滋養心脾《しんぴ》の生薬では……」

考えてもいなかった生薬の名前に、康生は不安の色を浮かべる。

この症状から胆に問題があるなど、青龍の医師は誰も考えなかった。

いや、雲埆をはじめ、みんな姫君の弱い心の問題なのだとしか考えなかった。

「長い不眠は気を弱らせ心が不安定になります。心が不安定になっているところに何か大きな緊張や不安を感じる出来事が起きると、肝に負担がかかり発作を起こすきっかけになります。甘えやわがままで発作を起こすわけではありません」

姫君は驚いたように董胡を見る。

「むしろ気遣いをし過ぎて心労となり、肝に負担をかけたのでしょう。そして肝と胆は対をなしていて陰陽の関係にあります。ここの判断は難しいのですが、姫君の場合は不安感が強く胆の方に問題があると思いました。それゆえ胆気を補い安眠効果のある酸棗仁と、安神剤《あんしん》となる茯苓を用いてみようと思います」

手持ちの薬剤で効果のありそうなものは、この二つだった。

「…………」

康生は理路整然とした董胡の見解に反論の言葉を無くしていた。

「では……」

姫君がぽつりと呟《つぶや》く。

「では、私の甘ったれたわがままな気性のせいではないのですか？」

姫君は涙を浮かべ董胡に尋ねた。

董胡は深く肯《うなず》いて、安心させるように姫君の背をさする。

「ええ。あなたは病に苦しみながらも周りを思いやることのできる、心温かな思慮深い姫君です。どうか自信をお持ちください」

「本当に……？」

姫君はぽろぽろと涙を溢《あふ》れさせた。

ずっとすべて自分の性格が悪いのだと責め続けていたのだろう。

「そうです！　そうですとも！　姫様が甘ったれでわがままだなどと、そんな診立てだけは信じる訳にいきませんでした。やはり私が信じた通り、姫様の病はそんなものではなかったのです！」

鱗々も涙を浮かべながらやっと答えが分かったように言い放った。

そもそも翠蓮を侮辱するような雲埆の診立てを許せなくて、鱗々は行動したのだ。

そしてその行動が姫君を救った。

そのまま雲埆の診立てで『黄龍の鱗』を飲ませ続けていたら、病は治癒することなく放置され、いずれ母と同じ煩躁驚に至っていただろう。

「ありがとうございます！　ありがとうございます、董胡先生」

鱗々と康生に拝むように礼を言われる。

「あなた様は姫君の命の恩人です」

神のように言われ、董胡は慌てて首を振る。

「ま、待って下さい。まだ治ったわけではありません。病を患っていたと同じだけ、治療にも時間がかかります。特に胆と肝は治すのに時間のかかる臓腑《ぞうふ》です。康生殿は楊庵に指圧の位置を習い、飲ませる薬湯をしっかり覚えてください」

董胡は玄武の后《きさき》専属の医官であって、毎日診るわけにもいかない。

今後は康生が中心になって治療を続けていかねばならない。

完全な治癒に至るまで先が長いと思った方がいいだろう。

「董胡先生は惜しみなく処方を教えて下さるのですね。雲埆先生は弟子にもご自分の診立ては何も教えて下さらない。ただ薬湯の名を挙げて指示を与えるだけです。それもほとんどが『黄龍の鱗』で済ませてしまわれる」

康生は不満げに告げる。

それは董胡にも頭の痛いところだ。

ここまで歪《ゆが》み切った雲埆の作った制度をどうやって正せばいいのか。

青龍の民が神のように雲埆をあがめて信じ切っている中で、玄武の若い医官である董胡が何を言っても反発を受けるだけだ。

おまけに医塾や薬まで牛耳ってしまっている現状は、もう簡単に変えられない。

董胡に出来るのは、せいぜい后の治療の手助けぐらいだ。

「ともかく雲埆先生に主治医から離れて頂くことは出来ませんか？」

雲埆が主治医のままでは、正しい治療が難しいだろう。

「お館様にお願いしてみますが……雲埆先生はお館様とも懇意になさっていて、侍女頭の私の意見などが通るかどうか……」

「私もこっそり違う薬湯を飲ませたくとも、私の医師免状では薬草を揃えることも難しいのです」

鱗々に続いて康生が言う。

「難しいって？　王宮の医師なら宮内局の薬庫に行けば、処方箋《しょほうせん》さえ出せば無料で分けてもらえるでしょう？」

医官の印を押した処方箋なら余程高価な薬草以外、出してもらえるはずだ。

「いえ……私は、雲埆先生の建てた医塾を出た医師で、正式の医師免状を持っているわけではないのです。私の医師免状では、宮内局の薬庫に通用しません。青龍の后宮では、薬庫で薬剤をもらえるのは雲埆先生だけなのです」

「えっ！　そうなのですか？」

これはまた面倒なことになっている。

「青龍には正式な医師免状を持っている人はいないのですか？」

「雲埆先生は持っています。他には年配の医師が何人かいますが……今はすっかり雲埆先生の医塾を出た医師が主流になっていて、苦労して玄武の医塾を出て免状を取っても、青龍では医師として大成できないような状況なのです。だから正式な免状を持つ若い医師などいないのです」

「…………」

本当に大変なことになっている。

そもそも玄武が他の領地の者に医師免状を与えることを渋り、医師の派遣も嫌がるせいでこんなことになったのだろう。

それを見かねた雲堦が作った制度だから、医師不足の青龍にとっては救世主のような存在だったに違いない。

しかし最初の志は正しかったのかもしれないけれど、月日が経ち利権に欲が出て歪《いびつ》なものになってしまったのか。

だが今はそこに関わっている暇はない。

「で、では、薬剤は私がもらってそちらに届けるようにしましょう」

「ありがとうございます。何から何まで感謝致します」

そして康生は楊庵から指圧の手ほどきを受けた。

去り際に董胡は、一番気になっていることを告げることにした。

「先ほど病には様々な原因が積み重なっていると言いました。気の流れや胆に原因があったとして、心の問題が何もない訳ではありません。不安や心労があるなら、なるべくその問題を取り除いた方が、治癒が早いのは間違いないのです」

胆や肝の問題は、少なからず心の問題が影響し、発症のきっかけとなる。

そして姫君が一番心労に感じているのは……。

「帝《みかど》は噂ほど恐ろしい方ではないと私は思っています」

帝という言葉を聞いて翠蓮はびくりと肩を震わせた。

やはり帝の噂が一番の恐怖となって姫君に心労を与えているようだ。

落ち着いていた翠蓮の息が少し荒くなっている。

「董胡先生、帝のお話はまだ……」

鱗々は、ようやく平静に戻りつつある姫君が、また発作を起こすのではないかと心配しているようだ。

「帝のお渡りの先触れがあると、姫様の発作がひどくなるのです。出来ればしばらくお越しにならないでくださるといいのですが、月に一度は各后宮に渡るのが慣わしとなっていますので、お断りするのも心苦しく……また恐ろしく……」

黎司はそんなことで怒ったりしないだろうが、きっと癇癪《かんしゃく》を起こして侍女を斬り捨てるのかもしれないと思っているのだろう。

どこにいっても誤解されている黎司が気の毒になる。

本当の黎司を知れば、こんな心労など消え去るだろうと思うのに。

「どうか噂は噂として、帝とゆっくりお話をしてみてはいかがでしょう。姫君が難しいなら、鱗々様が帝の人となりをお確かめになるといいでしょう」

「わ、私が……？」

勇壮な鱗々も、帝は恐ろしいようだ。しかし。

「わ、分かりました。姫君のためなら、死ぬ気でやってみましょう」

そんな大げさな覚悟などいらないのにと菫胡は思ったが、とにかく鱗々だけでも黎司の人柄を理解すれば、姫君もきっと心を開くだろう。

「どうかお願いします」

こうして、菫胡と楊庵は姫君の治療を終えて后宮を出た。

十一、蛟龍《こうりゅう》の卵

「まったくもう。このところ私は鼓濤様の医官姿しか見ておりませんよ！」

玄武の后宮では、王琳が大きなため息をついた。

「ごめん、ごめん。やっぱりこの姿の方が動きやすいしさ」

今日も角髪《みずら》に結った医官姿だった。

「とりあえず青龍のお后様の問題は解決したし、この料理を作り終えたら鼓濤の姿になるからさ」

「当たり前でございます。間もなく帝がお越しになるのですから」

黎司のお渡りの先触れが届いていた。

先日、無理に顔を見ようとしないからとまで言われたので、今日は鼓濤として黎司に料理を振る舞う方がいいだろうということになっている。

「鼓濤様も、人が好《よ》いのもたいがいになさいませ。寵《ちょう》を争う恋敵である青龍のお后様のために危険を冒して医官姿で診察をなさるなんて。もしも青龍のお后様に正体がばれてしまったらどうなさるのですか」

「青龍のお后《きさき》様はそれで弱みに付け込むようなことはしないと思うよ」

まだ少女のような、無垢《むく》で優し過ぎる人だった。

楊庵などは帰り道でずっと「綺麗《きれい》な方だったなあ……」とうわ言のように言っていた。

病が全快すれば、きっと黎司を支える立派な后になるに違いない。

「他のお后様を認めてどうするのですか。私はまだ鼓濤様が皇后になられることを諦《あきら》めてはいませんからね」

王琳は様々な事実を知って絶望したものの、まだどこかに希望があるのではないかと思い直したらしい。

「さあ、早くお着替えをなさって下さい。もうお時間がありませんわ」

「うん。待って。これだけ作ったら」

黎司に食べさせたいものが山ほどある。

作っても作っても作り足りないのだ。

その時だった。

「鼓濤様っ!! 大変ですっ!」

茶民がいつものようにせわしなく駆けてきた。

「茶民、はしたない。静かになさい」

王琳に叱られながらも、それどころではないという雰囲気だ。

「どうしたの?」

「青龍の方が……お越しになって……」

「え？　青龍の誰が？」

鱗々だろうか、康生だろうかと首を傾げた。

「と、とにかく慌てたご様子で。董胡先生にお話を聞いて欲しいと」

「分かった。すぐに行くよ」

ちょうどまだ着替えていなくて良かった。

そうして貴人回廊の出口まで行くと、そこにいたのは侍女の一人だった。

鱗々でも康生でもない。だが、青龍の后宮で見かけた顔だ。

「董胡先生！　どうか……。どうか助けて下さい」

侍女は蒼白《そうはく》な顔で泣き崩れた。

「ど、どうしたの？　何かあったの？　鱗々様は？」

「鱗々様は姫君についておられて……うう……どうしてこんなことに……」

「何があったか話して。泣いてても分からないよ」

「は、はい。すみません」

侍女は気を取り直して、とんでもないことを告げた。

「翠蓮様が……姫様が……。痙攣《けいれん》発作を起こして……暴れておられて。うう……ううう」

「な！　どうして!!」

痙攣なんて、そこまでの症状は出ていなかったはずだ。

暴れるとは……まさか病が悪化して煩躁驚《はんそうきょう》の症状に至ってしまったというのか。

「薬湯を……飲まれて……それで……」

「え？　薬湯？　私が出した酸棗仁《さんそうにん》で？　いや、まさか。あれは、多少煎《せん》じ間違えたとしてもそんな危険な薬ではないはずだ」

「いえ、違います……ううう……」

侍女はすぐに否定した。

「姫様が飲んだのは『蛟龍《こうりゅう》の卵』です……」

「蛟龍の卵？」

聞いたこともない言葉だった。

「雲埆先生がご実家からお戻りになって……。鱗々様と康生殿がこっそり董胡先生の出した薬湯を飲ませていることにお気付きになったのです。それで大層お怒りになって」

「そんな……」

いつかはばれるかもと心配していたが、早過ぎる。

「董胡先生が置いていって下さった薬を全部取り上げておしまいになり、ご自分が実家からお持ちになった『蛟龍の卵』を飲むようにと命じられて……」

「蛟龍の卵って？　なんなの、それ？」

「分かりません。雲埆先生が地元の薬草でお作りになった薬です。何にでも効く素晴らしいお薬だからと。董胡先生のお薬よりも効くのだと言い張って」

「それで飲んだの？」

そんなもの康生や鱗々が飲ませるはずがないのに。

「はい。雲埆先生が勝手な薬を飲ませた鱗々様と康生殿を捕らえると言い出して……。それで雲埆先生のお気が済むならと。

翠蓮様は薬を飲む代わりに鱗々様と康生殿を許して欲しいとおっしゃったのです。それで雲埆先生のお気が済むならと。『黄龍の鱗』も飲んだからといって効きもしない代わりに、どこかが悪くなる訳でもなかったので大丈夫だと思われたようです」

「なんてことを……」

あの気遣いの姫君なら言いそうなことだけれど。

「それで姫君は？」

「雲埆先生は姫様が痙攣を起こされると、青ざめた様子で康生殿に後を任されて、どこかに出ていってしまわれました。康生殿が必死で手当てをなさっているようですが、痙攣が止まらず、董胡先生を呼んできてくれと……」

痙攣を起こしている患者を置いて出ていったのか。

医師の風上にも置けない所業だ。許せない。

「どうか、董胡先生。姫様を助けて下さい。どうか……」

「わ、分かった。効きそうな薬草を部屋から取ってくるから待ってて」

董胡は急いで寝所に置いている生薬を取りに行く。

その後を王琳が青ざめた顔でついてきた。

「鼓濤様。まさか青龍の后宮に行くおつもりではないですよね？」

「行くつもりに決まってるでしょ？　姫君が痙攣発作を起こしているんだよ」

「ですが、こちらは帝《みかど》が間もなくお越しになるのですよ？」

王琳は信じられないという顔で言い募った。

「青龍のお后様は死にかけているんだよ？　行くなと言うの？」

董胡は薬草を選びながら答える。

「ご自分が何をおっしゃっているのか分かっていますか？　陛下のお越しを聞いていながら、宮を留守にするなど、鼓濤様こそ不敬罪を問われても仕方がないのですよ？」

「…………」

董胡は選んだ薬を薬包紙に包み、王琳を見つめた。

「どうか、お願いします。ここにお留《とど》まり下さい。青龍のお后様は気の毒なことですが、鼓濤様は玄武のお后様なのです。まずは玄武の后としてのお務めをなさるべきなのです」

思いつめた顔で王琳が懇願する。

董胡はその王琳に深く頭を下げた。

「ごめん、王琳」

「鼓濤様!!」

董胡は悲しげに歪《ゆが》めた顔を上げる。そして答えた。

「ごめんね。私は后である前に医師の董胡なんだ。苦しんでいる患者がいるのに、見捨てることなんて出来ないんだ」

「鼓濤様っっ！」

王琳の悲愴《ひそう》な叫びを残したまま、董胡は駆けだしていた。

◆

侍女に先導されて后宮に辿《たど》り着いた董胡は、真っ直ぐ后の寝所に向かった。

「康生殿！　姫君は？」

「董胡先生！」

泣きそうな顔でこちらを向いた康生を見てぎょっとした。

「痙攣がひどく……舌を嚙《か》み切らないように口を開けようとしたのですが……」

康生は血まみれになっていた。歯を食いしばったままの姫君の口をこじ開けようとして指を深く嚙まれたらしい。康生の方に治療が必要なほどの大惨事になっている。

「董胡先生！　姫様を助けて下さい！　ううう……姫様を……」

鱗々が取り乱した様子で董胡に泣きながら縋《すが》りついた。

他の侍女達は部屋の隅《とばり》で震えていて、みんななすすべがないように絶望している。

董胡は寝所の帳を急いで開いた。

「これは……」

その凄惨《せいさん》な光景に、董胡も一瞬言葉を無くした。

寝所は血まみれで、翠蓮が体を弓なりに反らして痙攣している。

意識は保ったままなのか、翠蓮の目は必死に恐怖を訴えていた。

それなのに顔は笑ったように引きつっている。

(痙笑《けいしょう》か……)

董胡は深刻な病状に青ざめた。

痙笑とは痙攣により笑ったような顔になる症状のことだ。

村では主に農民が怪我を放置したまま土いじりをして、傷口から毒素が入った時に起こる症状だった。意識を保ったまま苦しみ続けるのが残酷だと恐れられている病だ。

致死率は高い。毒消しの薬湯を飲ませても手遅れである場合が多い。

だが傷口から直接毒素が血流に入るのと、経口の薬害とでは予後が違うはずだ。

「大丈夫。きっと治まりますから。安心して下さい、姫君」

とにかく恐怖を少しでも和らげるようにしてあげたい。

吐いた時に喉《のど》を詰まらせないように顔を横に向け、ゆっくり肩をさする。

「舌を嚙み切ってしまうのでは……。何か口に挟まないと……」

康生はずっとそれを心配している。

医塾でそんな風に習ったのかもしれないが、間違っている。

「大丈夫です。すでにしっかり歯を食いしばっていますので、無理に口を開ける方が危険です。舌を噛みちぎるとしたら、痙攣《けいれん》が始まった時が一番危ない。でも……」

　董胡は、衣装と寝台に広がる血と、翠蓮の口元を見てほっと安心した。

「この血は姫君のものではなく、すべて康生殿のものですね」

「は、はい。そうです」

　舌を噛んでしまったのかと心配したが、姫君は怪我をしていないようだ。良かった。

「それよりも康生殿。この薬を煎じて持ってきて下さい」

　董胡は姫君の肩をさすりながら、懐の薬包紙を康生に差し出した。

「これは……」

「芍薬甘草湯《しゃくやくかんぞうとう》です。生の甘草を使っています。生の方が通常の炙《あぶ》った甘草よりも解毒の効果が大きいのです。甘草は諸薬を調和させる作用があり、芍薬と共に痙攣や痛みを緩和させる効能があります。さあ早く」

　甘草は過剰摂取や飲み合わせに注意が必要だが、少量の頓服《とんぷく》なら問題ないだろう。

　そう判断して部屋から持ってきた。

「は、はい！　分かりました」

　康生は薬包紙を受け取り、急いで駆けていった。

『蛟龍の卵』というのがどんな成分なのか分からないため、まず生甘草で解毒を進めるしか方法はない。

「鱗々様は、姫君の衣装を緩めて下さい。少しでも楽になるように」

「は、はい。分かりました」

鱗々は弓なりに反ったままの姫君の衣装を急いで緩める。その手が震えている。

そんな鱗々に、董胡は尋ねた。

「『蛟龍の卵』とは？　何か分かりませんか？」

「いえ……。雲埆先生がご実家で作られたもので、私は何も……」

しかし、はっと思い出したように顔を上げた。

「そういえば……。ご実家の角宿でだけ採れる生薬だと……」

「角宿で？」

「はい。確か……黒龍の宿る木に生《な》る龍の卵だとか……言っていらしたような……」

「黒龍の宿る木……」

確か、つい先日黒龍の話をしていなかったか……。

鱗々も気付いたらしく、はっと董胡を見た。

「そういえば……黒蝋妃の亡くなった地は角宿でした。そして亡骸《なきがら》から育った木に黒い花が咲くと……」

「それは本当にある木なの？　伝説の類《たぐい》ではなくて」

「はい。ございます。角宿でだけ咲く黒い花が……。でも青龍では珍しい花ではございません。ですが角宿の木にだけ黒い花をつけるため、誰かが黒蝋妃とこじつけて勝手に
黒い花なんてあまり聞かないけれど。

伝説を作ったのだと思われていましたが……」

「それは、何の花なの？　もしかして……」

董胡の頭にはすでに一つの答えが浮かんでいた。

「蝋梅《ろうばい》でございます」

「………」

すべてが繋《つな》がった気がした。

薬庫で見せてもらった蝋梅花を思い出す。

あの時、万寿はなんと言っていた？

『梨に似た偽果をつけ、種には附子に似た作用があり、体を弓なりに反らす痙攣発作を経て死に至ることもある』

そんな風に言っていたはずだ。

まさに姫君のこの症状だ。

そして黎司にもらった『麒麟寮医薬草典』には蝋梅の説明の最後に書き足しがあった。

青龍南部、角宿にて黒花をつける類種あり、と。

「蝋梅の種を……使ったのか。なんということを……」

附子のように毒抜きをすれば使えると思ったのか。

それとも蕾《つぼみ》が使えたから、種も使えると安易に思ったのか。

生薬など、そんなに簡単に作り出せるものではない。長い年月をかけ何度も失敗を繰り返して、先人の多くの犠牲の積み重ねの上に現在の医術は成り立っている。

いい素材を見つけたからといって簡単に編み出せるようなものではない。

しかもそれを皇帝のお后様《きさき》で試そうなんて。

いや、そもそも雲境は効能などどうでも良かったのだろう。

『黄龍の鱗』だって、何にでも効く万能薬だなどと言って、患者一人一人の体質も体格も症状も一緒くたにして同じ処方で売っていた。

真面目に治すつもりなど最初からなかったのだ。

龍にちなんだ有難い名前をつけて、人々に凄《すご》い薬だと思わせればそれで良かった。

そして高貴な人に売りたかった。

皇帝の后が飲んでいる薬だと言えば、価値が上がり貴族にも高値で売れる。后が飲んでいるという既成事実が欲しかっただけなのだ。

「無知だったのだとしても……許せない……」

玄武でもやぶ医者の話はよく聞いたが、これはあまりにひどい。

「董胡先生。薬湯を煎《せん》じてきました」

康生が芍薬甘草湯を持って戻ってきた。

「歯の隙間から少しずつ飲ませましょう。少しでも毒が中和されるといいのですが」

「姫様は助かりますか？　治るのですよね？」

鱗々が大きな体を不安で震わせている。

「毒さえ抜けてくれれば、少しずつ回復に向かうはずです。なるべく安静にして、吐いたものを喉に詰めないことだけ注意して」

それしか出来ることはない。

董胡にも蝋梅の種がどれほど毒性の強いものなのか、どれぐらいで抜けていくものなのか分からない。

姫君が恐怖で気力を失わないように、体をさすり安心させてやるしかない。

翠蓮はまだ体を突っ張らせながら、がくがくと震えている。

(かわいそうに。まだ十五で、どれほどの恐怖を感じていることか……)

ふと、黎司もこんな風に毒で苦しんだのだろうかと思った。

確か何度か死にかけたと言っていた。

こんな恐ろしい目に遭ったなら、拒食になっても仕方がない。

おそらく姫君よりももっと幼い頃から、この恐怖に耐え続けてきたのだ。

その生い立ちの過酷さを思いやった。

(そしてその苦しみを与え続けた者の血が、私にも流れている)

振り払っても、振り払っても、その事実が目の前に突きつけられる気がする。

何も知らずに黎司はそんな鼓濤を大切にしてくれているのだ。

(今頃、后宮に着いて、鼓濤の不在にがっかりしているだろうか)

そういえば、せめて出来上がっていた料理ぐらい、王琳に出してくれと頼んでおけば良かったと今さら後悔していた。

「あ、董胡先生!!　姫様の口元が少し緩まりました！」

　鱗々が声を上げる。

　見ると痙笑がおさまり、弓なりの体も少し和らいだようだ。

「薬湯が効いてきたのか、毒が抜けてきたのか。もう少しの辛抱です。姫様」

　症状の激しさの割に毒の量が少なかったようだ。

　雲埆はもしかして屈強な青龍男性に『蛟龍の卵』を試させていたのかもしれない。

　それで大丈夫だからと姫君も大丈夫だと思ったのだろうが、この痩《や》せて細身の姫君との体格差を考えなかったのか。浅はかにも程がある。

　だがさすがに毒殺するつもりで用いたものではないので、致死量ではないようだ。

　それだけが救いだった。

「峠は越したようです。少しずつ楽になってきますよ、姫様」

　鱗々と康生はほっとしたように息を吐いた。

「ありがとうございます、董胡先生」

「どうなることかと思いました。良かった……」

　康生は安心したように涙をぬぐっている。

「あなたの方こそ、その指の傷を手当てした方がいい。傷口から毒素が入ったら、同じような病を発症しますよ」

一応止血はしているようだが、まともな手当ては出来ていない。

「私のことなど……姫様が助かるなら……うう……」

そんな康生を見て、姫君が震える手を伸ばし董胡の腕を握った。

「康生を……手当て……してあげ……て……」

まだ自分の苦しみで手一杯のはずなのに、絞り出すような声で懇願する。

「姫様……」

康生はぼろぼろと涙をこぼす。

本当に優し過ぎる姫君だった。

「分かりました。ちゃんと手当てしますから、安心して下さい」


やがて一刻ほどが過ぎて、姫君の痙攣《けいれん》はおさまり、すやすやと寝息を立て始めた。

「良かった。もう大丈夫です」

しばらく養生は必要だが、もう命の危険は脱しただろう。

「本当にありがとうございました、董胡先生」

「董胡先生は姫君の命の恩人です」

鱗々と康生は深々と董胡に頭を下げた。

「いいえ。姫君が耐えて頑張ったからです。本当にご立派な姫君です」

姫君を褒められて鱗々と康生は頰《ほお》を緩める。

「玄武のお后様にも、無理なお願いを聞き届けて頂き、感謝していたとお伝え下さいませ。姫様が落ち着きましたら、お礼の品を持ってご挨拶《あいさつ》に行かせて下さいませと」

「いえ、お礼の品など……」

挨拶に来られても困る。

「と、ともかく、私もそろそろ戻らねばなりませんので失礼します」

姫君が危険を脱したら、今度は玄武の后宮が心配になってきた。

黎司はどうなったか。王琳はどうしているのか。

しかし。

急いで戻ろうと、青銅の扉を開けてもらうと、突然目の前に大勢の衛兵が立っていた。

「な!!」

驚いて後ずさりする董胡を追いかけるように、ばらばらと衛兵がなだれ込んでくる。

「な！ 何事です！ 姫君の寝所に入ってくるなど、無礼極まりない！」

鱗々が驚いて腰の剣を引き抜き、勇ましく董胡の前に出た。

康生も懐の短剣を出して鱗々の横に並ぶ。

さっきまで部屋の隅で震えていた侍女達も剣を持ち、立ち並ぶ。

玄武では信じられないことだが、青龍人というのは侍女も医師も、常に剣を佩《は》いていて、いつでも応戦態勢になる準備が出来ているらしい。

「いったい誰の指図でこのような無礼を！」

言い募る鱗々の前に、衛兵達の後ろから一人の男性がゆっくりと進み出た。

紫の袍服《ほうふく》に色とりどりの襷襟《たすきえり》をかけ、房の垂れた角帽を被っている。

「う、雲埆先生？　これはいったい……」

董胡ははっと男の顔を見つめた。

(これが雲埆……)

老いてなお欲にまみれた顔で、にやりと笑う。

「捜す手間が省けたな。不届きな偽医官もいるようだ」

「な！　偽医官って……」

しかし董胡が反論するよりも早く、雲埆が叫んだ。

「このならず者を捕らえよ！」

その掛け声を合図に、衛兵達が董胡に襲い掛かってくる。

カンッと剣を打ち合う音が響く。

「ちょっ……！　お待ち下さい！　この方は偽医官などではありません！」

鱗々が董胡を守るように応戦して叫んだ。

「そうです。玄武のお后様の専属医官様です！　この方に怪我をさせたら、ただでは済みませんよ！」

康生の言葉に、衛兵達が少し怯《ひる》む。

しかし雲埆がにやにやと言い返す。

「さて。玄武のお后様《きさき》の専属医官がなぜこんなところに？　そんな訳がないでしょう。しかも見たところ、子供のような若僧ではないか。ははは、こんな子供が医師免状を持った医官だと？　嘘をつくな！　偽名を騙《かた》る偽医官だ。そんな者を大切なお后様の許《もと》に引き入れた侍女達と康生も同じ罪だ。みんな一緒に捕らえるがいい！」

「な！　なんということを……」

「雲堶先生！　この方は姫君をお救い下さったのです！　どうか聞いて下さい」

康生が師匠である雲堶に懇願する。

その康生を雲堶は蔑《さげす》むように睨《にら》みつけた。

「お前にはがっかりだ、康生。せっかく目をかけてやったのに、こんな裏切りを受けるとは。牢《ろう》に入り、生涯かけて自分のしでかしたことを償うがいい」

「雲堶先生……そんな……」

康生は絶望したように雲堶を見つめる。

「さあ、何をしている！　早くこの罪人達を捕らえよ！」

衛兵達は再び命じられ、じりりと董胡達に迫りくる。その時。

「待って……」

帳《とばり》の中の寝台から、弱々しい声が聞こえた。

全員が驚いたように動きを止める。

帳の奥から細い手が伸びて、ゆるゆると開く。

そして這《は》い出ようとしたのか、そのまま帳の外に転がり落ちた。

「姫君っ！」

慌てて董胡が駆け寄る。

「まだ無理をしてはいけません。安静にしていないと！」

いや、それ以前に高貴な姫君が衛兵達の前に姿を現すなどあってはならないことのはずだ。しかも、着崩れた単《ひとえ》姿のままだ。

衛兵達は、あられもない姿で現れた姫君に戸惑って、立ち竦《すく》んでいる。

その隙に侍女の一人が慌てて掛け布を持ってきて、姫君の体を覆った。

「おお……。姫様。回復されたのですね。これは良かった」

雲埆は悪びれた様子もなく嬉《うれ》しそうに言う。

「よくもそんなことを……。先生が飲ませた薬で姫君は死にかけたのですよ！」

鱗々が憤って叫んだ。

「いやいや、勘違いしてもらっては困る。私はこれまでの処方薬との飲み合わせを考えて最良のお薬をと貴重な『蛟龍の卵』をお出ししたのです。しかし、この偽医官が私の処方と相反するでたらめな薬を飲ませていたのだ。おかげで姫君は重篤な状態となられ、思わぬ結果になってしまったのだ」

「な！　よくもそんな大嘘を……」

康生は信じていた師匠の恥知らずな嘘に呆《あき》れて言葉を失う。

董胡もさすがに腹を立てていた。

「それであなたは重篤な状態となった姫君を置き去りにして出ていったのですか？」

姫君を支えながら董胡は雲埆を睨みつけた。

雲埆はふんと鼻を鳴らす。

「もはや手の施しようがないと思われましたので……。こうなってしまっては、姫君を危機に陥れた罪人を捕まえねばと、お館様に兵を出す許可を頂きに行ったのですよ」

「では瀕死《ひんし》の姫君を見捨てて、この兵を……」

自分の保身しか考えていない。

姫君が痙攣を起こした時点で、もう助からないと見捨てたのだ。

「許せない……。あなたに医師を名乗る資格などない！」

「ふ……。お前などに言われる筋合いはない。こちらにはこの通り龍氏様に直々頂いた、そなたを捕らえる捕縛状がある」

雲埆は懐から巻き紙を取り出し、開いて見せた。

「ま、まさか……。そんな……」

鱗々が青ざめた顔で捕縛状を見つめる。

その様子から、それがどれほどの効力を持つものなのか分かった。

「龍氏様は姫君が偽医官の薬によって瀕死の状態だと聞いて、大層お怒りになった。すぐに兵を出しその者を捕らえよとおっしゃって下さったのだ」

この男は、姫君が死ぬと思い、自分が責められる前に董胡にすべての罪をかぶせようと、慌てて王宮内にいた龍氏の許に行ったのだ。

なんてずる賢い……。

「姫君に毒のような薬を飲ませたのは雲埆先生ではないですか！」

康生が叫んだ。

「あなたを信じ、医術を学んできた多くの医生を裏切るようなことをしないで下さい！どうかご自分の罪を認めて下さい！」

康生は祈りにも似た気持ちで雲埆に告げる。

しかし雲埆は、その真摯《しんし》な言葉にも、うすら笑いを浮かべて答えた。

「ふ……。お前はこの悪しき偽医官に騙《だま》されているのだ。すっかり言いくるめられ、医術の道を失った。いや、医術ばかりか人生まで失ったのだ。愚かな男だ」

「雲埆先生……」

康生は絶望したように呟《つぶや》く。代わりに鱗々が反論する。

「そんな嘘が通用するとお思いですか？　ここにいる全員が証言します。侍女もみんな一部始終を見ています。そして姫様ご自身も」

翠蓮はまだ震えが残る体を起こし、乱れた髪の隙間から雲埆を睨んだ。

しかし雲埆は動じない。

「さて、余計な口などすべて閉ざしてしまってはどうかな？　この偽医官が追い詰められて全員を斬り捨ててしまったと。そしてその偽医官は消えてしまったということにして始末させて頂きましょうか。さすれば残るは姫様だけですが……」

雲堨は睨みつける姫君を嘲《あざけ》るように見下ろした。

「なにせ姫君は心を病んでおられた。錯乱して煩躁驚《はんそうきょう》になってしまわれたのだと、幽閉することも出来るのですよ？　姫君の証言次第です。どうなさいますかな？」

「私は……煩躁驚になど……私は……」

姫君は心を病んでいると言われ、動揺を浮かべ言いよどんだ。

董胡はその卑劣さに怒りが込みあがる。

「なんて卑劣な……。姫君は心を病んでなどおられない！　煩躁驚などではない！　こんなことが通用すると思っているのですか？　私がいなくなれば玄武の后宮の者が必ず捜しにきます。そしてきっと真相を暴くことでしょう」

「はは。自分を買いかぶっているようだな。そなたごとき医官の一人や二人いなくなったところでお后様もすぐに忘れる。それに私は龍氏様とも非常に懇意にしている。お館様の一声で捜索はすぐに打ち切られるだろう。誰もお前など捜さないのだよ」

それは医官、董胡の話だ。

しかし董胡は玄武の后、鼓濤でもあるのだ。

黎司も朱璃も、董胡が青龍の后宮に行ったまま消えたとなったら、きっと大問題にするだろう。雲堨が思うほど、ことは簡単に運ばない。

だが……。
そんなことを告げたところで、ますます怪しい者だと言われるだけだろう。
ここで鱗々達と共に斬り捨てられたら……。
すべては雲埆の言うように闇に葬られてしまうかもしれない。
「さあ、姫君を助けたければ、素直に縄にかかることだ！　この者達を捕らえよ！」
雲埆が高々に叫び、衛兵は戸惑いながらも鱗々達を縄にかけていく。
（ここまでなのか……）
王琳の言う通り、青龍のことに関わらなければ良かったのか。
でも……。
姫君を見捨てて、帝《みかど》に料理を振る舞っていればこんなことにならなかったのか。
それで生き延びたとして、やはり董胡は後悔し続けることになっただろう。
どちらにせよ、董胡はいずれ黎司の前からいなくなる后だ。
それが少し早まっただけだ。
決心したように、顔を上げる。
董胡は姫君の掛け布を直すふりをして、その手をそっと握りしめた。
はっと姫君が董胡を見る。その姫君に小声で囁《ささや》く。
「どうか雲埆の言う通りにして下さい。私が偽医官だったと。毒を飲まされたのだと」
「で、でも……」

姫君が青ざめる。

「今は……姫君だけでも生き延びるのです。そして帝がお越しになったら、すべての真実をお話しください。きっと帝がお救い下さいます」

「帝が？　でも帝は恐ろしい方で……」

董胡は姫君を見つめ、雲埆に分からないようにそっと首を振る。

「帝は素晴らしい方です。どうか信じて下さい」

「董胡……先生……」

それで黎司が動いた頃には、もう董胡は葬り去られているだろう。

せめて鱗々や康生だけでも救えたらいいが……。

衛兵が董胡の腕を摑《つか》む。

「董胡先生！」

姫君が必死に手を伸ばす。

しかし姫君から引きはがすように、董胡は二人がかりで取り押さえられた。

そして雲埆が告げる。

「その者は斬り捨てよ！　偽医官を騙《かた》り后宮《きさきぐう》に入り込んだ狼藉者《ろうぜき》だ！」

「!!」

この場で、一番目障りな証人である董胡は殺すつもりなのだ。

衛兵が戸惑いながら、剣を振り上げる。

「董胡先生！」

姫君が、鱗々が、康生が、悲愴《ひそう》な叫び声を上げる。

最後の瞬間。

王琳、茶民、壇々。后宮の面々が心に浮かぶ。

（急にいなくなって慌てるだろうね。いつも困らせてばかりでごめんね……）

楊庵、偵徳、麒麟寮の友人達の顔が浮かぶ。

（楊庵には心配ばかりかけてしまった。一緒に王宮を出られなくてごめん）

そして……黎司の穏やかに微笑む顔が浮かぶ。

（ごめんなさい、レイシ様。拒食だけは治してから消えようと思っていたのに……）

しかし、覚悟を決めて目を瞑《つむ》った、その時。

「やめよ！」

威厳のある重い声が響いた。

はっと驚いて衛兵が剣を持つ手を止める。

全員が声の方に振り向いた。

「后の寝所で何の騒ぎであるか！　みな、控えよ！」

この場にありえない人物の姿に、みんな呆然《ぼうぜん》と立ち尽くしている。

「まさか……」

董胡も信じられない思いで呟く。

「帝のお越しである。何をしている！　みな、控えぬか！」

隣に立つ翠明が、黎司に代わって命じると、衛兵達は思い出したように慌てて脇に下がり拝座の姿勢になった。雲埆も驚いた顔で拝座になる。

「帝……？」

翠蓮は、初めて近くで見る帝の姿に目を見開いた。

輝くような緋色《ひいろ》の袍服《ほうふく》に冕冠《べんかん》をつけた雅《みやび》やかで美しい青年。

それは、翠蓮が想像していた恐ろしい容貌《ようぼう》とは正反対の姿だった。

黎司は翠明と数人の神官を引き連れて寝所に入ってきた。

（レイシ様……。どうしてここに……）

董胡は信じられない思いで黎司を見つめる。

黎司も董胡に気付いて、すぐに険しい顔で眉間《みけん》を寄せた。

「その手を放すがよい！」

まだ二人の衛兵が董胡の腕を摑んだままだった。

「は、はい！　申し訳ございません！」

衛兵達は慌てて董胡を放して拝座の姿勢で頭《こうべ》を垂れる。

「怪我はないか？」

黎司は董胡に小声で尋ねた。

「は、はい。大丈夫です」

もう少しで斬り捨てられるところではあったが……。

そうして、黎司は部屋を見渡し告げる。

「何があった？　誰か説明できる者はいるか？」

すぐに雲埆が声を上げる。

「お、恐れながら、そちらの偽医官が我が青龍のお后様の許《もと》に入り込み、勝手にでためな薬を飲ませていたのでございます。そのせいで姫君が容態を急変されて、龍氏様より狼藉者を捕らえるようにと、このように捕縛状を頂いております」

雲埆は書状を開いて見せた。

「ほう、龍氏が？　うむ。確かに捕縛状であるな」

黎司は書状を受け取り、肯《うなず》いてみせた。雲埆がほくそ笑む。

しかしすぐに鱗々が反論した。

「違います！　この方は偽医官などではありません！　私が玄武のお后様に頼んで貸して頂いたお后様の専属医官様でございます。おかげで姫君の病が快方に向かわれていたというのに、雲埆先生に飲まされた薬のせいで急変されたのです！」

「ふむ。雲埆とは、この者のことか？」

黎司は再び雲埆に視線をやった。

目が合って、雲埆は慌てて言い返す。

「へ、陛下。どうかこの侍女の言う言葉を信じないで下さいませ。この者は、この偽医官と結託して怪しい薬を飲ませていたのです。その発覚を恐れ、このような濡《ぬ》れ衣《ぎぬ》を私に着せようとしているのでございます」

「な！　濡れ衣を着せようとしているのは雲埆先生の方ではありませんか！」

「黙れ、この嘘つき侍女が！　さてはお前がすべて企《たくら》んだのだな！」

「企むだなんて！　私は姫君の病を治したかっただけです！」

「陛下の前であるぞ！　慎まれよ！」

翠明に注意されて、二人は仕方なく黙った。

「さて、どうしたものか……。どちらの言葉を信じればよいのか……」

黎司はわざともったいつけるように言う。

「悩むまでもございません。青龍で医術の発展に努め、龍氏様の信頼も厚い私の言葉をどうか信じて下さいませ、陛下」

「な！　瀕死《ひんし》の姫君を置き去りに兵を集めに行ったあなたなど、信じる価値もない！」

「なんのことでしょう？　勝手な作り話はやめてもらえますかな」

「あ、あなたという人は……」

「これ。二人とも言葉を慎みなさいと言っている」

雲埆と鱗々が再び言い合い、翠明に窘《たしな》められている。

黎司は困ったようにため息をついた。

「ならば私がこの中で最も信じるべき者に尋ねてみるか……」

黎司は部屋の中をぐるりと見渡し、一点に目を落とす。

「そなたであるな」

翠蓮は目が合って、びくりと肩を震わせた。

「私……」

「どちらの言葉が真実なのか……。どうか私に教えてくれぬか？　我が后よ」

黎司は床にうずくまったままの翠蓮に視線を合わせるように、屈《かが》んで膝《ひざ》をついた。

「私は……」

がくがくと震え、翠蓮の息が乱れる。

また発作を起こしそうになっている翠蓮の手に、黎司はそっと自分の手をのせた。

「怖がらなくてよい。そなたの思うまま私に話してくれればよい」

「…………」

安心させるように微笑む黎司を見て、翠蓮は大きく息を吐き呼吸を整えた。

そして真っ直ぐ黎司を見つめ、告げる。

「玄武の……董胡先生は……私の病を快方に向かわせて下さいました。私は雲埆先生の薬を無理やり飲まされ……死にかけたのです……」

「!!」

雲埆が蒼白《そうはく》になる。

黎司は肯いて立ち上がり、雲埆を見下ろした。

「……ということらしいな。雲堈よ」

「ち、違います！　姫君は実はずっと心を病んでおられたのです。その心の隙をついてこの者達が嘘で言いくるめているのです。姫君は正気ではないのです、陛下！」

雲堈は必死に反論する。

「ち、違う……。私は……心を病んでなど……」

翠蓮は黎司に訴えるように首を振る。再び息が乱れてきた。

そんな翠蓮を見つめ、黎司は雲堈に尋ねた。

「誰が正気でないと？」

「で、ですから……姫君が……」

翠蓮が絶望を浮かべ、わなわなと震えている。しかし。

「黙らぬか！」

「!!」

黎司に一喝されて、雲堈が息を呑《の》む。

翠蓮も驚いたように黎司を見つめた。

「我が后《きさき》を侮辱するつもりか！」

「い、いえ……。そ、そのようなつもりは……」

雲堈は蒼白になって弁解する。

「我が后は、魂のこもった真っ直ぐな目をしている。この目を正気でないだと？　これ以上后を侮辱することは許さぬ！　口を慎め！」

「は、はい。申し訳ございません」

黎司の剣幕に雲埆は震えながらひれ伏した。

「それに……偽医官とは？　誰のことを言っている？」

雲埆は震えながら顔を上げ、董胡を指さした。

「そ、そこにいる子供のような医官です。医師免状を持っているなどと嘘を吐き、お后様に怪しげなお薬を……」

「ほう？　医師免状を持っているというのは嘘なのか？」

黎司はわざと董胡に尋ねた。

「いえ。嘘ではありません。斗宿の麒麟寮で学び、試験にも最年少で合格しました」

董胡はこれだけは威信をかけて宣言したかった。

「き、麒麟寮を？　最年少で？」

雲埆は青ざめる。

康生と鱗々も思っていた以上に優秀な学歴に驚いている様子だ。

それが並大抵の努力で叶《かな》わないことは、過去に苦労して免状を取った雲埆が一番よく分かっていた。

黎司は董胡の返事に肯《うなず》いた。

「うむ。知っている。なぜなら、それほど優秀な医師だからこそ、この私が直々に青龍の后を診て欲しいと頼んだのだからな」

「え？」

全員が驚いたように董胡を見る。

「で、ですが……そこの侍女が頼んだのでは……」

雲埆は信じられないというように呟《つぶや》いた。

「うむ。侍女も頼んだが、私も重ねて頼んでいたのだ。そうであるな、董胡？」

黎司に問われて、董胡は肯いた。

「はい。お后様のことを陛下も心配しておられましたので」

翠蓮は目を丸くして黎司を見つめる。

「陛下が……私のことを気にかけて下さって……」

病気と知られたら斬り捨てられるのではないかと怯《おび》えていたというのに。

事実は全然違った。

「その董胡を偽医官などと、私への侮辱と考えてもよいか？」

「ひ、ひいいい。そ、そんなこと……」

雲埆は今度こそ降参して黎司の前にひれ伏した。

そして翠蓮は信じられない黎司の言葉に呆然《ぼうぜん》としている。

「陛下が……私のために……。私の病を知っていらして……」

黎司は翠蓮に振り向き、いたわるように微笑んだ。

「悪しき噂が耳に入り、さぞかし怖い思いをしていたことだろう。もっと早くにそなたの病を気に懸けるべきであった。他の諸問題に忙しく、気付いてやれなくて申し訳なかった。許してくれ」

翠蓮は涙を浮かべ首を振る。

「……もったいない……お言葉でございます」

鱗々と康生も信じられないものを見たような顔になってから、黎司を拝むようにして床に額をつけ、肩を震わせながら涙をこらえていた。

それらを見届けると、黎司は青龍の衛兵達に向き直り命じる。

「さあ、皆のもの！　その雲埆なる悪しき医師を捕らえよ！」

全員の視線が雲埆に集まる。

「よ、よせ！　私は龍氏様と懇意の仲なのだぞ！　お館様が許さぬぞ！」

雲埆は取り乱して叫んでいる。

だが衛兵達は立ち上がり、逃げようとする雲埆を捕らえ縄でしばった。

「放せ！　こんなことをしてただでは済まぬぞ！」

暴れる罪人を連れて立ち去る衛兵達に黎司は告げる。

「この捕縛状は私が預かった。龍氏には、明日私の許《もと》に説明しに来るように伝えておけ」

衛兵達は青ざめた顔で頭を下げ、后宮から去っていった。

衛兵達が去ると、翠蓮は緊張の糸が切れたようにぐったりと気を失った。

まだ毒が抜けたばかりで衰弱しきっている。

康生が翠蓮を寝台に運び、侍女達が介抱していた。

鱗々は翠蓮の容態を確認すると、一人寝台から出てきて黎司の前に拝座した。

「この度は、我が姫君のために多くのお心遣いありがとうございます。心より感謝致します」

鱗々は侍女というより男性武官のように神妙に礼を述べた。

体が大柄なせいもあるが、そういう姿がやけに様になっている。

董胡は感心しながら横で見ていた。

「うむ。雲埆が捕らえられ、しばらく専属医官が不在となるが、王宮にも医官はたくさんいる。信頼できる者を派遣するようにしよう」

「ありがとうございます」

「だが……青龍の地の医師不足は深刻なようだな。だから雲埆のような者が現れるのであろう。なんとかせねばならぬな」

雲埆の築いた医塾の制度とでたらめな薬の数々がなくなると、治療を受けられぬことに不安を感じた民は混乱することだろう。

「はい。私に出来ることがございましたら、なんなりとお申し付け下さいませ」

「うむ。龍氏がどの程度動いてくれるかだが……」

今のところ、忠実な臣下とは言いがたい。

強大な武力を持つ青龍は、敵に回すと最も厄介な地でもある。

謀反でも起こされたなら、伍尭國は血の海となるだろう。

玄武公でさえ、龍氏の扱いには気を遣っている。

「実は私の父と兄は黄軍《こうぐん》に所属しております」

鱗々が告げる。

「黄軍に？」

黄軍とは皇帝が持つ近衛《このえ》軍のことだ。

普段は王宮の兵部局に詰めていて、皇宮をはじめとした王宮の警備を務めていた。

高位の武官は青龍門の外にある青龍街に屋敷を持ち、多くの兵をかかえている。

青龍街に住む黄軍の武官の存在が、その先に広がる青龍の青軍《せいぐん》との緩衝材となっているのだ。だが黄軍の武官もほとんどは青龍人で、彼らの忠誠が皇帝よりも龍氏に傾くこともよくあることだった。

長い歴史の中では、謀反の危機も何度かあった。

だが、青軍が内に向かうようになると、国境の外に広がる蛮族がその隙を狙って攻め込んでくる。ゆえに結局国境に兵を戻すことになり、謀反が成功することはなかった。

それを皇帝の天術による業《わざ》だと言う者もいるが、実際は分からない。

ともかく黄軍の皇帝への忠誠は、国を乱さぬためにも必要だった。

「もしや、蒼家《そうけ》の月丞《げつじょう》と空丞《くうじょう》親子のことか？」

「はい。親子で将軍を務めております」

青龍人の中でもひときわ体格が良く、黄軍の中でも有名な人物だ。なるほど女性にしては大柄な鱗々の血筋だと納得できる。

「蒼家は昔から氏家の姫君を守護する役割を担って参りました。私は命がけでお后様をお守りする覚悟でございます。お后様《きさき》を、そして陛下をお助けするためならば、我が父と兄も死力を尽くしてくれるものと信じております。どうぞ、父と兄を含め、陛下の忠実な臣下としてお使い下さいませ」

これは願ってもない味方だった。

黄軍の中でも一目置かれている月丞、空丞親子を味方につけたとなれば、いざという時に軍が動かしやすくなる。

「うむ。覚えておこう。いずれ力を借りるかもしれぬ」

そうして夜も更け切った頃、黎司と董胡はようやく青龍の后宮を出た。


「ありがとうございました。レイシ様」

董胡は二人になってようやく礼を言えた。

神官達は、翠明と共に少し離れて後ろをついてきている。

肌を刺すような寒さだが、冷たく澄んだ空に浮かぶ星々が美しい。

特別に許され、黎司と共に董胡も貴人回廊を歩いていた。

「いや、礼を言うのは私の方だ。まさか后の診察でそなたがここまで危険な目に遭うとは思わなかった。間に合って本当に良かった」

「王琳様に聞いたのですか？」

王琳は黎司に何を言ったのだろうか。

「うむ。青龍の姫君が重篤なようだと。嫌な予感がするから助けて欲しいと懇願された」

「王琳が……」

董胡は王琳の忠告も聞かずに出ていったというのに。

「医官のそなたのことも大事に思ってくれているようだな」

黎司は王琳が平民の専属医官・董胡を心配して頼んだのだと思っている。

だが、常識的な王琳のことだから、もしも本当に医官でしかない董胡のことだったら、皇帝に助けを求めるような行動はしないだろう。

皇帝が一医官のために動くなど普通であればあり得ないことだ。

后の鼓濤のことでもあるから、非常識なお願いをしたのだ。

そして黎司はその非常識に応《こた》えてくれた。

「一旦《いったん》皇宮に戻り、翠明に頼んで青龍の后宮の様子を探ってもらっていた。そして龍氏の私兵が動いていると聞いて、これはただごとではないと出向いたのだ」

雲埆が動かしたのは龍氏の私兵だったのだ。

龍氏は兵部局の局頭でもあるが、そこに詰める黄軍を勝手に動かすことは出来ない。だからそれとは別に、自分の護衛と称して王宮内に僅《わず》かな私兵を持っているらしい。

「龍氏様は雲埆をどうするでしょうか？」

「うむ。分からぬな。おそらく雲埆から多額の金品を受け取っていたのだろう。龍氏の後ろ盾なく、あれほど青龍の医術を牛耳ることはできなかっただろう」

「元々は玄武が優秀な医師の派遣を渋ったからでしょう。玄武の貴族以外が薬典を写すことを禁じ、最近は他領地の者が麒麟寮に入ることも出来なくなっています。薬剤も玄武の倍ほどの高値で取引されるようです。これでは雲埆のような者が出てきても仕方ありません」

貧しい民達は、『黄龍の鱗』のような怪しげな薬に頼る以外なかったのだ。

「そなたの言う通りだが、それは玄武だけでなく、他の領地にも言えることだ。青龍は衛兵を高値で他領地に貸し出している。朱雀だって芸団が興行に出向くと倍ほどの見物料を取る。白虎にしても商品に倍ほどの利潤をつけて売りつける。玄武だけが問題なのではない」

それぞれの地が利益を上乗せして自分たちの術を売っているのだ。

「ただ、医術だけは人の命に関わることだからな。利潤の上限を作り、有能な医師を派遣する制度を作らねばならぬ」

あの玄武公が素直に聞き入れるとは思えないが。

「そしてもう少し四領地の人々が交じり合ってもいいのかもしれぬ。麒麟はすでに四領地の中心で交じり合っている。この輪がもっと大きくなって、五行はいずれ一つにならねばならないのかもしれない。そこにそなたの夢見た理想の世があるのかもしれぬな」

「私の理想の世……」

貴族も平民も、男も女も差別なく夢を叶《かな》えられる世。

麒麟も玄武も青龍も朱雀も白虎も関係なく、目指したい道を進める世。

青龍にも康生のように医官になりたい者もいる。

玄武にも楊庵のように武官に憧《あこが》れていた者もいる。

もっと自由に、それぞれの夢が叶う世の中。

そんな世界が本当にあればいいのに。

確かに五年前に出会った頃はそんな風に思ったけれど。

「レイシ様。あの頃の私はまだ子供で、偉い貴族様なら簡単にできるのだと思っていたのです。レイシ様が皇太子様とも知らず無茶なお願いをしたと思っています」

「うむ。確かに何も知らず簡単に言うものだと思ったな」

黎司は当時を思い出して懐かしむように笑った。

「美味《うま》い饅頭《まんじゅう》を作ることができたら、自分のあるべき場所で生きろとも言われたたな」

そういえばそんな事も言った気がする。

「す、すみません。皇太子様とも知らず偉そうなことを……」

当時を思い出すと恥ずかしくて逃げ出したくなる。

あの頃は無邪気に黎司に憧《あこが》れて、いつかこの人のそばで働けたらと願っていた。

ただ自分が黎司に近付きたいために、平等な世を望んだのだ。

伍尭國のためでも、夢に届かぬ人たちのためでもない。

ただ、自分が黎司に近付きたいために言っただけなのだ。

「私は自分の夢を叶えたいためだけにあんな事を言ったのです。私の安易な言葉のためにレイシ様が無理をなさる必要などないのです」

それをずっと伝えたかった。

董胡の言葉が黎司に重い枷《かせ》をはめているようで、ずっと心苦しかった。

「人々のために大志を抱いて言ったのではないのです。ただ自分の私利私欲のために言っただけなのです。だからどうか……」

「それでいいではないか」

「え？」

黎司はなんでもないように答えた。

「夢など、みんなそういうものだろう。それでいいのだ。そしてその夢を叶えてやりたいという思いが、この五年の私を支えてきた。そなたの言葉がなければ、私は途中で生きることを諦《あきら》めていたかもしれない。私利私欲であってもなんでも、そなたの言葉が私に希望を与えたのは間違いないのだから」

「レイシ様……。でも私は……」

あなたの母を殺した仇《かたき》の血が流れているのですよ……と言いたかった。

そんな憎むべき自分の言葉など、忘れてくれていいのに。

「もしかして、そのことを気にしていたのか？　何か私に謝りたいのだろうかと、ずっと気になっていたのだが」

「そ、それは……」

それだけだったら良かったのにと思う。

「なんだそんなことだったのか。ではあの先読みはこのことを……」

黎司はほっとしたように息を吐いた。

「え？」

「いや、なんでもない。そなたの夢は私が自分の意志で受け継いだのだ。だから何も気にすることはない。私は私の夢を追いかけているだけなのだから」

「レイシ様……」

「まだまだ先は長いがな……」

黎司はふっと微笑んだ。

「そなたと共にこの先もずっと夢を追いかけてみたいと思うのだ」

「……………」

出来ることなら、董胡もこのままずっと死ぬまでそばにいて、黎司と共に夢を追いかけていきたい。けれど、夢の時間はすぐに終わる。

「……もう戻らねば。王琳様が心配しています」

「うむ。すっかり遅くなってしまったな」

董胡は黎司に頭を下げ、貴人回廊の階《きざはし》から地面に下りる。

そして回廊の上に神々しく立つ黎司を見上げる。

「また……后宮《きさきぐう》に料理を食べに来て下さい」

黎司は肯《うなず》く。

「うむ。今日はそなたの料理を食べそこなったからな。またすぐに訪ねるつもりだ」

「はい。ご馳走《ちそう》を作ってお待ちしています」

精一杯の笑顔で答える。

「誰か護衛をつけようか」

「いえ、走って戻りますので大丈夫です」

董胡はもう一度ぺこりと黎司に頭を下げて、現実の世界へと戻っていった。

十二、若君の来訪

翌日、黎司のいる皇宮に青龍公の龍氏が訪ねてきた。

「昨晩は、愚かな医官が多大なご迷惑をおかけしましたこと、深くお詫《わ》び致します」

龍氏は謁見の間で平伏して謝った。

四十を過ぎているが、冬でも日焼けしたように色黒で、武術に長《た》けた男と聞いている。

「危うく后が命を落とすところであった。これは由々しき問題であるぞ」

「陛下がそこまで我が娘のことを気にかけて下さっていたとは。お渡りも少なく、お気に召さなかったのかと思っておりましたが……」

臆面《おくめん》もなく我が娘と言っているが、本当の娘などではない。

日焼けした狸《たぬき》おやじという感じか。

青龍の龍氏は建国以来何度も血筋が変わっている。他の三氏がほとんど血筋を変えず続いている中で異例だった。武力で人を治めることの難しさを表わしている。

武で制する者は武で足をすくわれる。

そんな中で勝ち抜くためには、権謀術数に長けた腹黒さがないと難しいのだろう。

「そなたの大切な一の姫だ。気に入らぬわけがないだろう」

黎司はわざと一の姫を強調して答えた。

「…………」

龍氏は黒光りした顔で黎司の様子を窺《うかが》ってから、大げさに破顔してみせた。

「これは、嬉《うれ》しいことでございます。長く青龍から皇后が出ていないことを残念に思っておりましたが、今度こそは期待できそうでございますね」

「さて……これぱかりは天術でも分からぬがな」

自分の実の娘でもない姫君に、本当に皇后になられても困るだろうに。

「ところで雲埆の処罰はどのようにするつもりか？　ずいぶんそなたと懇意にしていた者のようであるが？」

黎司は話題を変えて龍氏を見つめた。

「いえいえ、懇意などと。あの者が勝手に言っていることでございます。以前から事あるごとに我が名を出されて迷惑していたのでございます」

龍氏は呆《あき》れたように首を振った。

「だが、この捕縛状はそなたが出したのであろう？　懇意でない者の話を簡単に信じてこのようなものを出したというのか？　危うく罪もない者達が捕らえられ、下手をすれば斬り捨てられていたかもしれぬのだぞ？」

黎司は脇に置いていた捕縛状を差し出して尋ねた。

「それは……后に毒を飲ませたなどと言うものですから。すぐに捕らえないと逃がしてしまうなどと言われ、娘可愛さの親心で、軽率な判断をしてしまいました」

親心などあるはずもないのに、物は言いようだ。やはり狸おやじだ。

「では、とりあえずこの捕縛状は破り捨ててよいな？」

「はい。もちろんでございます」

そして龍氏はさらに信じられないことを告げた。

「ならず者の雲埆につきましては、死罪を命じました」

「死罪？」

黎司は驚いて聞き返す。

「はい。帝のお后様を命の危険にさらしたのです。当然でございます」

「それはそうだが……」

しかし、これまで雲埆にいい思いもさせてもらってきたはずだ。

それなのに、邪魔になった途端切り捨てるのか。

「私も心潰《つぶ》れる思いの決断でございます。されど、麒麟寮を出た名医として信頼してきただけに、此度《こたび》のことは許せぬ裏切り行為だと感じております。どうか雲埆の首をもって陛下のお怒りも鎮めていただければと思っております」

懇意にしている雲埆をこっそり逃がすのではと心配していたが、そんな生易しい男ではなかった。

「だが雲搀から聞き出さねばならぬことも多くあるだろう。きちんと取り調べて、しかるべき裁きのもとで判断すべきでは？」

「もちろんしっかり取り調べ、雲搀の悪事のすべてを明白に致します。されどお后様を危険にさらした時点で、死罪は確定しております」

「…………」

雲搀を庇《かば》うつもりはさらさらないらしい。

龍氏がどういう人間なのか、だいたい分かってきた。

「その雲搀の築いた医塾と怪しい薬の数々だが……どうするつもりだ？」

「もちろんすべての医塾は解散し、勝手に出していた青龍の医師免状も無効にするつもりでございます。そして薬についても流通を止め、何にも効かぬまがい物であったと周知させていくつもりでございます」

「だが、それでは病人が困るだろう。民が混乱する」

「仕方がないことでございます。玄武の亀氏殿がもう少し優秀な医師を派遣して下さればいいのですが、役にも立たないやぶ医者しか送ってきてくれません。青龍は怪我人も多く出る地だというのに。あるいは此度のことは、了見の狭い亀氏殿が元凶だとも言えますでしょうか」

こうして責任転嫁することで、うまく生き残ってきたのだろう。

だが龍氏の言うことは一理ある。

「私もそう思っている」

「左様でございましたか。さすが陛下は考えの深いお方でございます」

龍氏は嬉しそうに答える。

「そこで、その元凶に青龍の問題を解決してもらおうかと思っている」

「え？」

龍氏は初めて戸惑いの表情を見せた。

「元凶とは？」

「すでにここに呼んでいる。入るように伝えよ」

黎司が戸口の神官に命じると、外に控えていたらしい一人の人物が現れた。

「な！」

龍氏が驚きの声を上げる。

濃い紫の袍服《ほうふく》の男は、ゆっくりと進み出て、龍氏の隣に座した。

そして黎司に平伏する。

「お召し頂き、恐悦至極でございます」

低く特徴のある魅惑的な声が告げる。

「急に呼び立てて済まなかったな、尊武よ」

尊武は顔を上げ、涼やかな切れ長の目で微笑んだ。

「いいえ。陛下のお召しとあれば、いつでも参上致します」

「そ、尊武殿……」

龍氏は、思いもかけない人物に目を見開いていた。

二院八局の殿上会議でお互いに顔見知りではあるが、尊武が長く外遊していたこともあって、ほとんど交流はないようだ。

「なぜあなたがここに……」

黎司に一番敵対心を持つ玄武公の子息が、まさかこんな場に呼び立てられるとは思ってもいなかったようだ。

「尊武は先日外遊から戻り、早速私の許《もと》に挨拶《あいさつ》に来てくれた。珍しい土産話にも興味を惹《ひ》かれ、その見聞の広さに感心していたのだ」

黎司はあえて尊武を褒めちぎった。

「実は先日お約束していました、獣の革に描かれた異国の城の絵をお持ちしました。陛下がお気に召したなら献上させて頂こうかと思っております」

「うむ。興味深いな。後で見せてもらおう」

すっかり打ち解けたように話す黎司と尊武の様子に、龍氏は焦りの色を浮かべた。

「い、いつの間にやら、尊武殿はずいぶん陛下のお心を摑《つか》んでいらっしゃるようだ。これは知りませんでした。お年頃も近いようで、陛下には心強いお方ですね」

「うむ。頼りにしている。その信頼を確実なものとすべく、そなたの力量を見てみたいと思ってな。どうだろう、尊武。青龍の地に行って乱れた医術を正す手立てを考えてくれないだろうか？　必要とあらば青龍に麒麟寮を建ててもよいと思っているのだが」

龍氏ははっと黎司を見た。

「き、麒麟寮を？　それは願ってもないことですが、そのようなこと、亀氏殿がお認めになるかどうか。玄武の麒麟寮に他領地の者が入寮することすら過去に禁じてしまわれた玄武公が……。は、はは。陛下は少しお考えが甘いようですな」

龍氏は尊武が受けるはずがないと思っている。

それほど簡単に玄武が納得するなら、とっくに医術が各地に広まっていた。

若い愚帝の浅はかな考えだと。

（天術が使えて、少し見どころのある帝《みかど》かと思っていたが、やはりただのうつけか）

龍氏はいそいで帝の力量を頭の中で書き換えた。

「だから尊武に頼んでいるのだ。次の世代の玄武公となる尊武が認めたならば、亀氏も認めざるを得ない。よい考えであろう？」

黎司は無邪気に臣下を信頼する愚者のように尊武に告げる。

龍氏は呆れたように肩をすくめた。

（愚かな。受けるわけがないだろう。世間知らずのうつけだな）

龍氏の侮るような視線を感じたが、今はどうでもよかった。

今知りたいのは尊武の出方だ。

どうするか。

父を諫《いさ》め帝に協力すると言った前回の謁見の言葉を、証明するため受けるのか。それともあれはただの口先だけの綺麗《きれい》ごとだったと断るのか。

いずれ本性を出すのであれば、この場で出せばいい。

断るなら断ったでいい。

その代わり、黎司はもはや尊武を信用しないだろう。

（さあ、どうする、尊武よ）

黎司は試すように尊武を見つめた。

そして尊武は穏やかに顔を上げ答えた。

「考えるまでもございません」

「は、はは。そうでしょうな。玄武の嫡男がお父上のお考えも聞かずにそのようなこと」

龍氏は当然断るのだと思った。しかし。

「何を勘違いなさっておいでですか、龍氏殿。陛下が直々に私を信頼して命じて下さっているのです。もちろんお受けすると、そう答えているのでございます」

「な！」

黎司よりも龍氏の方が驚いている。

「ま、まさか、本気ですか？　そんなことをしてお父上のお怒りを買うのでは？」

「それを収めて欲しいと、そのために陛下は私にお命じになっているのでしょう。私にしか出来ぬことと信頼して下さったのです。応《こた》える以外ないでしょう」

尊武は不敵ともいえるほどの微笑を浮かべ黎司を見つめた。

「…………」

黎司はあっさり引き受けた尊武に、得体の知れない畏怖《いふ》のようなものを感じた。

あるいは純粋に皇帝の期待に応えたい、真っ直ぐな青年と捉《とら》えることもできる。

だが、そんな簡単な相手ではないと、心のどこかが警鐘を鳴らしている。

「さすがは私が見込んだだけある。そなたならば、青龍の混乱を見事に収め、亀氏もうまく説得してくれることだろう。期待しているぞ」

黎司は疑いを見せないように、尊武に称賛の言葉を贈った。

「陛下のご期待に添えるよう、尽力させて頂きます」

まだ信じられない様子の龍氏を横目に尊武は皇帝にひれ伏して答えた。

◆

その日の午後、玄武の后宮《きさきぐう》では賑《にぎ》やかな声が響いていた。

「あー、やっぱり鼓濤様の作るお料理は美味《おい》しいですわ」

壇々が嬉《うれ》しそうに舌鼓を打つ。

「王琳様もそんな端っこにおられないで、こちらで食べてみて下さいませ」

茶民が、御簾《みす》の中の隅っこでまだ決心のつかない様子の王琳を呼び寄せる。

「こ、こんなこと……高位の姫君がこのように大勢の中で食事をするなど……」

鼓濤の姫君らしからぬ行動を仕方なく認めているものの、大勢での食事だけはまだ譲歩できずにいた。

「食事はみんなでした方が楽しいよ。楽しい食事をしてこそ人の気血水《きけつすい》を整えるのだと私は思うんだ。王琳は食が細いんだからなおさらだよ」

「お正月の祝い餅《もち》ぐらい良いではないですか」

「おやつみたいなものですわ。とても美味しいですよ」

みんなに勧められて、少し迷いながらも渋々輪の中に入ってきた。

「さあ、食べてみて。いろいろな年糕《ねんこう》を用意してみたんだ」

年糕とは、伍尭國の正月に食べられる餅のことで、もち粉をこねて成形し、せいろで蒸した後、食べやすい大きさに切って好きな味をつけていただく。

地域によって全然違うらしく、赤糖などを混ぜて甘く赤い年糕を作るところもあれば、揚げたり炒《いた》めたりする地域もあるらしい。

董胡のいた斗宿では、村人が集まって蒸したもち米を石臼《いしうす》でついて、熱々の年糕をちぎりながら餡子《あんこ》をつけて食べたものだ。毎年楽しみな行事だった。

王宮でも、つき餅の行事はあるらしく、雑仕《ぞうし》や女嬬《めのわらわ》達がつきたての年糕をもらってきていたようだが、残念なことに姫君と呼ばれる立場の者が見物に行くことはできない。

残念がる壇々と茶民のために、もち粉を使った年糕を作ってみたのだ。

「玄武の黒水晶の宮では、黒い年糕でしたわ。黒ごまが入っていました」

「硬くてあまり美味しいものではなかったですわ」

茶民と壇々は、年糕はあまり好きではなかったらしい。

「王琳は？　どんな年糕を食べていたの？」

「私は……」

王琳は戸惑いながらも、懐かしむように答えた。

「黄色い年糕でしたわ。芋餡《いもあん》を練り込んだものが好きで、吐伯《とはく》様がいつも取り寄せて下さっていました」

「芋餡なら練り込んではいないけど、ここにあるよ。つけて食べてみて」

普通の白い年糕をいろんな味で楽しめるように、つけだれをたくさん作ってみた。小豆《あずき》餡に芋餡、蜜醤油《みつじょうゆ》に赤糖、茶民にはいつもの豆板辣醤《らーじゃん》もある。

王琳は箸《はし》を持ち、小さく切った年糕に芋餡をつけて上品に頬張《ほおば》った。

「！　これは……吐伯様が取り寄せて下さった年糕の味ですわ！」

王琳は少し涙を浮かべ、芋餡をつけた年糕を噛《か》みしめている。

「私が一度好きだというと、薬売りに頼んで毎年取り寄せて下さっていました」

茶民と壇々が「きゃあ！」とかしましい声を上げた。

「ああ、素敵ですわ。王琳様は吐伯様と初めてお会いしたのは何歳の時ですか？」

「その時から夫になられるお方だと感じていましたか？　教えて下さいませ！」

まだ恋も知らない二人には、愛妻家吐伯は憧《あこが》れの夫像なのだろう。

「吐伯様は兄上の友人でしたので、まだ姫君の装いもしていない幼い頃から知っていました。は、話すほどのことなどありませんわ」

王琳は頰を赤らめて答える。

「ですが……実のところ……吐伯様は四六時中私と一緒にいたがるお方で、請われて一緒に食事をすることもありました。姫君として、はしたない事とは思いましたが……」

「そうだったんだ」

王琳の意外な柔軟性は、吐伯が培ったものだったようだ。

「夫君が請われたのならいいではないですか」

「ああ、羨《うらや》ましいですわ。私もそんな風に言われてみたいわ」

茶民と壇々の柔軟性は董胡の影響が大きいだろうが。

「あら、壇々の食べっぷりを見たら、百年の恋も冷めるかもしれないわよ」

「そ、そんなことないわ。好きな殿方の前では料理も喉《のど》を通らないもの」

「今はずいぶん喉を通っているみたいだけどね」

「もう！　茶民のいじわる！」

賑やかな二人がいるだけで場が和む。

王琳も、少し前までは吐伯のことを思い出すだけで辛《つら》そうにしていたけれど、最近は愛《いと》おしむようにちょっとだけのろけながら話してくれるようになった。

「この年糕……もう一つ頂いてもいいですか？　鼓濤様」

「うん。もちろんだよ。いっぱい食べて」

甘い物も少しずつ食べられるようになってきている。良かった。

「それにしても、鼓濤様がご無事に戻って来られて本当に良かったですわ」

王琳は青龍の后宮に行ってしまった鼓濤のことをずいぶん心配してくれたらしい。

「私はあの時……鼓濤様はもう戻って来られないのではないかと思いました」

実際、黎司が現れるのがもう少し遅かったら、戻って来ることはなかった。

王琳は何か感じ取っていたのだろう。

「そうですわ。王琳様が珍しく取り乱しておいででしたもの」

「帝《みかど》がお越しになると、突然目の前にひれ伏して、董胡殿を助けて下さい、なんておっしゃるものだから、私達もずいぶん心配しましたわ」

その時の状況を後から聞いて、本当に申し訳なかったと思った。

「心配かけてごめんね、みんな」

「お願いですから、もう無茶なことはやめて下さいませ」

「うん。私もそのつもりではいるんだけど……」

なぜか妙なことに巻き込まれてしまう。

「私は思ったのですが、鼓濤様がどうしても帝の后として生きていくことが出来ないとおっしゃるなら、もうすべて正直に陛下にお話しして、董胡様として専属薬膳《やくぜん》師になられてはどうかと思うのです」

「それは……もちろんそう出来ればいいけれど……」

それを目標に生きてきたのだから。

「帝はきちんと話せば分かって下さいますわ。そのお人柄は鼓濤様が一番分かっていらっしゃるはずです。帝は医官である董胡様も大切に思っていらっしゃいます。だから先日も私の話を聞いて大急ぎで皇宮に戻られ、助けに行って下さったのです」

しかし王琳の話を聞いて慌てたのは茶民と壇々だった。

「で、でも……鼓濤様が薬膳師になってしまわれたら、私達はどうなりますの？」

「お后様がいなくなったら玄武に戻るのですか？」

「もしかして黒水晶の宮に戻って、また華蘭《からん》様の侍女になるの？」

「ひいいい。華蘭様の侍女に戻るのなんて絶対嫌ですわ」

二人はぞっとするように身震いした。

「それともこのまま王宮に残って新しいお后様の侍女になるの？」

「新しい一の姫君って……華蘭様じゃないの！」

「どっちにしても華蘭様の侍女しかないの？　絶対嫌です！」

「私はこのままずっと鼓濤様の侍女がいいです！」

鼓濤に懇願する二人を王琳が窘《たしな》める。

「二人とも、侍女たるものは主人の幸せを一番に考えるものですよ。鼓濤様が一番幸せになれる道を進めるようにするのが務めです。自分のことはその後で考えなさい」

「そんなこと言っても……王琳様だって鼓濤様の侍女がいいでしょう?」

「そ、それは……出来ることなら……」

茶民に言い返されて、王琳は口ごもる。

「そうだわ!　だったら薬膳師の董胡様の侍女にしてもらいましょう!」

壇々がいい事を思いついたという顔で宣言した。

しかし全員が呆《あき》れた目を向ける。

「薬膳師が侍女などつけるはずがないでしょう」

「もうほんと壇々ったら、馬鹿なんだから」

「なによ、いいじゃない。前例がないなら作ればいいわ!」

そういう方法もあったのかもしれないな、と董胡は思った。

でもそれは、董胡が偽の一の姫であればの話だ。

しかし、朱璃の話から考えると、董胡はどうやら本物の一の姫なのだ。

本物である限り、黎司にとって憎むべき玄武公の娘であり、その母・凰葉を殺した一族の一人なのだ。もうただの董胡にはなれない。

だが一つだけ薬膳師・董胡に戻れる可能性があった。

(私がもしも玄武公の血を引いていなければ……)

母・濤麗が玄武公ではない別の男性との不義の子を産んだのだとすれば、董胡は玄武公の血筋でも一の姫でもない。

(もしも父親が卜殷先生だとしたら……)

董胡は濤麗と卜殷の間に生まれた半分平民の血が混じった、玄武公と無関係の人間だ。

(卜殷先生が見つかれば何か分かるのに……)

しかし王宮にいる身では、卜殷の居場所など分かるはずもない。

なんとか捜す方法はないだろうかと、頭を悩ませていた。

その時、御簾《みす》の外から声がかかった。

「王琳様。お后《きさき》様にご挨拶《あいさつ》をしたいとお客人がお見えです」

遠慮がちに伝える女嬬《めのわらわ》の言葉に、董胡達は顔を見合わせた。

王宮に知り合いもいない鼓濤に挨拶など、朱璃ぐらいしか思いつかない。

「ご挨拶？　どなたですか？」

王琳が尋ねた。

「玄武のご嫡男、尊武様とおっしゃっています」

「！」

董胡は、驚いて青ざめた。

(なぜ尊武が……)

しかし茶民と壇々は何も知らず、ぱっと顔を輝かせた。

「まあ！　尊武様が？　今度こそお顔を見ることが出来るかしら？」

「どうしましょう。こんなことなら、もう少し痩《や》せておくのだったわ」

侍女達には朱雀の若君の話は詳しくしていない。

先日朱璃と若君の話をしていたけれど、二人はよく分かっていないようだった。

朱雀での大立ち回りの話などしたら、侍女達は卒倒してしまうに違いない。

そしてあの時、王琳は大朝会でいなかった。尊武のことは知らない。

「まあ、大変だわ。すぐに料理を片付けて場を整えなければ」

王琳は慌てて立ち上がる。

「茶民、壇々。尊武様を二の間にお通しして、少しお待ち頂いてちょうだい」

「はい！　喜んで！」

「ご案内して参ります！」

二人は大喜びで御簾から出ていった。

「さあ、鼓濤様も衣装を整えて、髪も結い直しましょう」

董胡はどきりとした。

「ねえ、王琳。貴族の姫君は身内の男性には顔を見せてもいいと聞いたけど、尊武様は御簾の中まで入ってはこないよね？」

それはまずい。

董胡の姿なら大丈夫と思っていたが、化粧をした鼓濤の姿なら朱雀で会った紫竜胆だと気付かれるかもしれない。

妓女《ぎじょ》ほど濃い化粧をしていないが、あの聡《さと》い若君なら気付きそうだ。

「大丈夫だと思いますよ。身内であれば、幼少から仲がいいとか、余程打ち解けた間柄なら御簾を上げることもありますが、それであっても、今はご身分の高い鼓濤様が決めることです。尊武様が顔を見たいと言っても断ればよいですわ」

董胡はほっと息を吐く。

「ですが……先日の雄武《ゆうぶ》様のように御簾に乱入するようなことがあれば分かりませんけれど……」

（…………）

尊武はそんなことをするだろうか。

あの得体の知れない若君だったら、何をするか分からない。

そもそもなぜ急に挨拶になど……。

「鼓濤様？　どうかされましたか？　尊武様をご存じなのですか？」

やけに蒼白《そうはく》になっている董胡に、王琳が髪を直しながら心配そうに尋ねた。

「ううん。初めて会う。会ったことはない」

鼓濤としては……。

「大丈夫です。もしも尊武様が御簾に乱入しそうになったら、私が身を挺《てい》して防ぎますわ。だからその間に寝所にお逃げ下さい」

「うん。ありがとう、王琳」

本当にそうしてもらって逃げるしかない。

ただ……。

(これで朱雀の若君かどうかはっきりする)

あの特徴のある声色ははっきり覚えている。

御簾ごしで顔がはっきり見えなくとも分かる。

菫胡は覚悟を決めて、御簾の中で待った。


御簾の前に厚畳を敷いて準備が整うと、茶民と壇々に案内されて尊武がやってきた。

優雅な足取りで部屋の中に入ってくると、流れるような身のこなしで座る。

その時点で菫胡はすでに確信していた。

やはり仕草の一つ一つが、他の誰とも違う雅《みやび》な雰囲気を持っている。

そして顔を上げ告げる。

「お初にお目にかかります。お后様。長く外遊に出ていてご挨拶が遅れましたこと、お詫《わ》び申し上げます」

その声色は、間違いなく朱雀の若君のものだった。

(間違いない……。やはり尊武が……)

紫竜胆と違う声色を作って答える。

「わざわざのお出まし、痛み入ります」

なるべく短い言葉で答え、もう正体は分かったから、さっさと帰ってくれと願う。

「それにしても十七年も前に行方不明になった鼓濤様が見つかるとは、世の中には奇跡があるものでございますね」

「…………」

何が言いたいのだろうと、董胡は様子を窺《うかが》う。

「皇太后様のお話では、平民の治療院でお育ちになったとか。しかも男装して麒麟寮で学び、医師免状まで取られたというではありませんか」

董胡の額にじわりと汗が滲《にじ》み出る。

先日皇太后に挨拶に行っていたのだから、ある程度のことは聞いたのだろう。

「おまけに料理も作られるという話ですね」

皇太后には料理を作っていることも知られてしまっている。

皇太后は卑しい平民娘の蛮行としか思っていないようだったが。

「何がおっしゃりたいのでございますか？」

董胡は警戒しながら尋ねた。

「いいえ、ずいぶん料理がお上手だとお聞きして、私もお后様の手料理を頂いてみたいと思ったのですよ」

冗談じゃない。誰があなたになど……と思った。

「いいえ。美食家の尊武様にお出しするほどの料理ではございませんので」

「ですが帝には振る舞っていらっしゃるとか。帝は料理を目当てに足繁くこちらにお通いになっていると聞きました。帝が通うほどですから、さぞ美味《おい》しいのでしょう」

「…………」

なぜかじりじりと追い詰められているような気がする。

「ところで先日、私は久しぶりに宮内局に顔を出し、各部署の視察をしておりました」

それは董胡が楊庵と一緒に尊武を見かけた日のことだろう。

「不在の間は章景先生がたまに見回って下さっていたようですが、やはり局頭が不在というのはいけませんね。反省致しました」

董胡は鼓動が速くなるのを感じていた。嫌な予感がする。

「怪しげな医官が入り込んでいることにも、誰も気付かないのですから」

「！」

がくがくと手が震える。

尊武はさらに追い詰めるように告げた。

「玄武のお后様付きの医官が新たに登録されていますね」

「…………」

「さて……そんな医官の話は父上から聞いていませんが、誰のことでしょうか」

「…………」

董胡は言葉を失くしたまま聞いていた。

「章景医術博士が直々に出した免状を持つ、素晴らしい経歴の医官」

尊武はもったいつけるように告げる。

「董胡というのは、鼓濤様が平民で暮らしていた時の名前でしたね」

「…………」

だめだ。ばれてしまった。

「まさかと思いますが……お后《きさき》様が医官姿となって王宮の中を動き回っていたなんてことはないでしょうね？　ははは、さすがにそれはないでしょう。そんな事を我が父上や皇太后様が知れば、どれほどお怒りになることか……」

尊武は勝ち誇ったように言い募る。

董胡は搾り出すように尋ねた。

「玄武公や皇太后様に……言ったのですか？」

どっちにしろ、もう医官姿になることは出来ない。

いや、それどころか医師免状を取り上げられてしまう。

そうなったら、もう薬草を使うことも出来ないし、薬庫の万寿や楊庵に会うことも出来なくなる。身動きが取れなくなってしまう。

いや、それよりも……。

董胡は一番恐ろしいことに気付いた。

「まさか……帝《みかど》に……帝に言うつもりですか？」

それはつまり菫胡と鼓濤が同一人物だとばれるということだ。

「帝に？　はは、そうですか。帝は何もご存じないのか。なるほど」

しまった。

焦るあまり、自分から弱みを知らせてしまった。

もう終わりだ。

この若君が、黙っておく訳がない。

すべて白日の下に晒《さら》し、菫胡を糾弾するつもりなのだ。

がくがくと震える手で膝《ひざ》を掴《つか》む。

今すぐここから逃げ出さなければ。

いや、少しでも時間稼ぎをして后宮のみんなを朱璃の所に預けなければ。

しかし、目まぐるしく考えている菫胡に、尊武が信じられないことを告げる。

「黙っていてあげてもいいですよ」

「！」

菫胡は青ざめた顔で御簾《みす》の向こうの尊武を見つめる。

「父上にも皇太后様にも、まだ何も言っていない。知っているのは私だけです」

「なぜ……？」

黙っていて尊武に何か得があるだろうか。

何を企《たくら》んでいるのか。

「帝にも黙っていてあげますよ」

「どうして？　何が目的ですか？」

董胡の弱みを握って、何をするつもりなのか。

「ふふ。さっき言ったでしょう？　あなたの料理が食べてみたいと。あなたが私に料理を作ってくれるなら、黙っていてあげましょう」

「な！　なぜそこまでして私の料理を……」

訳が分からない。

「ふ……、何か交換条件を出さないと納得しそうになかったので言っただけですよ」

「な……」

「そもそも帝に言うはずがないでしょう。玄武の后の不利になるようなことを、なぜ嫡男の私が言うのですか？　父上や皇太后様にしても、宮内局の局頭である私がまず責められることになる。それも面倒ですしね」

尊武は肩をすくめた。

「それに……」

尊武は楽しそうな顔で涼やかに微笑む。

「こんな面白いことはないでしょう？　后が男装して医官をしているのですよ？　わざわざ自分からこんな楽しい余興を捨て去るなんてつまらない。そうでしょう？」

尊武は本当に楽しそうに言う。

「あなたという人は……」

人が生死を懸けるほどに悩んでいることを面白がっている。

「取引をしましょう、鼓濤様」

「取引？」

「ええ、そうです」

尊武はにやりと微笑み、涼やかに言う。

「あなたが私を楽しませてくれる限り、私は医官・董胡のことを黙認しましょう。ですが、もしもつまらないと感じたら……どうするか分かりませんがね」

「…………」

「せいぜい私を退屈させないようにして下さい。期待していますよ、鼓濤様」

王宮に再び大きな嵐が吹き荒れようとしていた。

本書は書き下ろしです。

皇帝《こうてい》の薬膳妃《やくぜんひ》

青龍《せいりゅう》の姫《ひめ》と蝋梅《ろうばい》の呪《のろ》い

尾道理子《おのみちりこ》

令和5年 2月25日 初版発行
令和6年 11月15日 6版発行

発行者●山下直久

発行●株式会社KADOKAWA
〒102-8177 東京都千代田区富士見2-13-3
電話 0570-002-301（ナビダイヤル）

角川文庫 23555

印刷所●株式会社KADOKAWA
製本所●株式会社KADOKAWA

表紙画●和田三造

ISBN 978-4-04-113521-1 C0193

◆◇◇

角川文庫発刊に際して

角川源義

第二次世界大戦の敗北は、軍事力の敗北であった以上に、私たちの若い文化力の敗退であった。私たちの文化が戦争に対して如何に無力であり、単なるあだ花に過ぎなかったかを、私たちは身を以て体験し痛感した。西洋近代文化の摂取にとって、明治以後八十年の歳月は決して短かすぎたとは言えない。にもかかわらず、近代文化の伝統を確立し、自由な批判と柔軟な良識に富む文化層として自らを形成することに私たちは失敗して来た。そしてこれは、各層への文化の普及滲透を任務とする出版人の責任でもあった。

一九四五年以来、私たちは再び振出しに戻り、第一歩から踏み出すことを余儀なくされた。これは大きな不幸ではあるが、反面、これまでの混沌・未熟・歪曲の中にあった我が国の文化に秩序と確たる基礎を齎らすためには絶好の機会でもある。角川書店は、このような祖国の文化的危機にあたり、微力をも顧みず再建の礎石たるべき抱負と決意とをもって出発したが、ここに創立以来の念願を果すべく角川文庫を発刊する。これまで刊行されたあらゆる全集叢書文庫類の長所と短所とを検討し、古今東西の不朽の典籍を、良心的編集のもとに、廉価に、そして書架にふさわしい美本として、多くのひとびとに提供しようとする。しかし私たちは徒らに百科全書的な知識のジレッタントを作ることを目的とせず、あくまで祖国の文化に秩序と再建への道を示し、この文庫を角川書店の栄ある事業として、今後永久に継続発展せしめ、学芸と教養との殿堂として大成せんことを期したい。多くの読書子の愛情ある忠言と支持とによって、この希望と抱負とを完遂せしめられんことを願う。

一九四九年五月三日

皇帝の薬膳妃

朱雀《すざく》の宮と竜胆《りんどう》の契り

尾道理子

一人二役、壮麗なアジアンファンタジー

薬膳師を目指すも陰謀に巻き込まれ、正体を隠して皇帝の妃《きさき》となった董胡《とうこ》。薄闇で見た皇帝の顔は、憧れの麗人「レイシ」にそっくりだった。動揺する董胡だが、王宮で、伍尭國《ごぎょうこく》の南都・朱雀《すざく》から輿入れした姫と仲良くなり、徐々に居場所を見つけていく。ある日、皇帝の「先読み」の力で、朱雀の地に謎の病が流行る、との先触れが。董胡は薬膳師として勅命を受け、調査へ赴くことになり——。壮麗な一人二役アジアンファンタジー絵巻。

角川文庫のキャラクター文芸

ISBN 978-4-04-112488-8

皇帝の薬膳妃

紅菊の秘密と新たな誓い

尾道理子

大人気アジアンファンタジー第3弾!

伍尭國《ごぎょうこく》の妃《きさき》と薬膳師、一人二役の生活にも慣れてきた董《とう》胡《こ》。王宮で薬膳料理を振る舞い、皆の笑顔に喜びを感じていた。ある日董胡は、現皇帝・黎司《れいし》と敵対する玄武《げんぶ》公・亀氏《きし》一族の皇太后からお茶会に招かれる。黎司の董胡への寵愛ぶりに目をつけられたのだ。怪しい茶を出されるが、董胡は機転を利かせその場を乗り切る。しかし後日、玄武公より新たな侍女頭が派遣されてきた。玄武公の間者らしき彼女に、董胡たちは警戒を強めるが——。

角川文庫のキャラクター文芸

ISBN 978-4-04-113020-9

毒母の息子カフェ

尾道理子

カフェの看板メニューは、名物店員!?

1歳の時に母を亡くし、父と二人暮らしの祠堂《しどう》雅玖《がく》は、受験に失敗し絶望する。希望ではない大学に入るもなじめず、偶然訪れたカフェで、女装姿の美青年オーナー、土久保《どくぼ》覇人《はひと》に誘われ住み込みバイトを始める。一筋縄ではいかない個性を持つ店員達に戸惑いながらも、少しずつ心を開く雅玖。仲間達に背中を押され、必死に探し求めた母の真の姿は、雅玖の想像とはまるで違っていて……。絆で結ばれた息子達の成長ストーリー！

角川文庫のキャラクター文芸

ISBN 978-4-04-109185-2

ISBN 978-4-04-112194-8

香華宮の転生女官2

朝田小夏

ポップな転生中華ファンタジー!

中華世界に転生した、元ＯＬの凜《りん》。現世スキルで逞しく暮らしていたある日、驚きの辞令が出る。小遣い稼ぎのつもりだった賭博がばれ、庭園管理をする司苑《しえん》に左遷だという。しかし凜は嫌味な先輩女官にもめげず、実績をあげていく。そんな中、皇宮を揺るがす一大事が勃発。皇帝が突如倒れ、隠し子だという美男子・徐玲樹《じょれいじゅ》が権力を掌握したのだ。しかし凜にも個人的な大事件が。それは現世から転生した元婚約者との再会で……。波瀾の第２弾!

角川文庫のキャラクター文芸

ISBN 978-4-04-112948-7

後宮の毒華《どくか》

太田紫織

毒愛づる妃と、毒にまつわる謎解きを。

時は大唐。繁栄を極める玄宗《げんそう》皇帝の後宮は異常事態にあった。皇帝が楊貴妃《ようきひ》ひとりを愛し、他の妃を顧みない。そんな後宮に入った姉を持つ少年・高玉蘭《こうぎょくらん》は、ある日姉が失踪したと知らされる。やむにやまれず、玉蘭は身代わりとして女装で後宮に入ることに。妃修行に励む中、彼は古今東西の毒に通じるという「毒妃《どくひ》」ドゥドゥに出会う。折しも側近の女官に毒が盛られ、彼女の力を借りることになり……。華麗なる後宮毒ミステリ、開幕！

角川文庫のキャラクター文芸

ISBN 978-4-04-113269-2

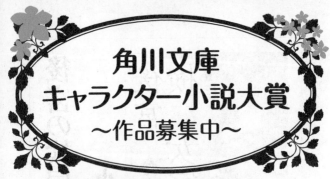